Les larmes rouges
sur la façade

Titre original : *Medusa of the Roses*

Le bruit du monde
68, rue de Rome
13006 Marseille
contact@lebruitdumonde.com
serviceclients@lisez.com

ISBN : 978-2-493-20668-8
Dépôt légal : août 2024

Navid Sinaki

Les larmes rouges sur la façade

Traduit de l'américain par Sarah Gurcel

Roman

le bruit du monde

À Luis C. pour les chapitres.

1

Tirésias était à moi. Je prenais toujours le rôle de l'homme de la mythologie grecque qui s'était transformé en femme après avoir frappé deux serpents.

Le plus logique aurait été que nous jouions à être Zal et Roudabeh, même si nous étions deux garçons. Zal, que j'ai toujours aimé plus qu'un ami, portait le nom d'un prince persan légendaire. Et on disait que mes cheveux, comme ceux de Roudabeh, pouvaient passer pour des serpents. Mais c'est Tirésias que je choisissais pour nos jeux dans le jardin où la gravité s'avérait particulièrement cruelle. Le terrain de la maison était en pente, aussi les cerises de l'arbre du voisin roulaient-elles d'un bout à l'autre de la cour sans que nous puissions les attraper. Les pierres subissaient les assauts des grenadiers cherchant une eau toujours hors d'atteinte et les nectarines ne se contentaient pas de tomber, elles s'empalaient sur les cailloux. Quand il m'arrivait d'en prendre une sur la tête, je faisais mine de l'avoir mérité d'avance pour les jus qui me couleraient bientôt dans le cou.

Je portais parfois un voile pour le rôle. Une nappe en dentelle toute simple achevait ma métamorphose. Dans le mythe, Tirésias finissait par frapper deux autres serpents et repassait de femme à homme. Nous nous mettions donc en quête du vendeur de fruits, celui qui écrasait ses cantaloups en fin de journée parce qu'il préférait les laisser pourrir que partir pour rien, car il vendait aussi des oranges : j'en épluchais pour voir ce que ça faisait de se balader avec un prépuce, comme sans doute les Grecs de l'Antiquité.

« C'est difficile de t'aimer », a commencé à dire Zal quand nous avons grandi. Le problème, ce n'étaient pas mes voiles et mon faux prépuce. « Le problème, c'est que tu es trop épris de la mort. »

Peut-être avait-il raison. J'attrapais des papillons de nuit pour les livrer aux araignées. J'astiquais les ampoules du mémorial dressé pour un gamin qui s'était noyé. Et je pleurais, le printemps venu : en l'absence de feuilles séchées, des mois s'écouleraient sans que personne évoque la mort.

Zal, que nos paroles soient un ruban joignant les bouches de deux anges peints. Si j'entame avec toi une conversation que je garde pour moi, voilà au moins quelque chose qui ne finira pas.

2

Je maîtrise depuis longtemps le grand numéro de la disparition. Chaque fois que tu pars, je retire nos photos du réfrigérateur, sans toucher aux aimants du mauvais œil. Ces photos – des vues style carte postale des endroits où nous avons baisé – ne sont explicites que pour nous. Le caravansérail près de Nushabad, où tu as pointé l'objectif vers l'extérieur alors que j'étais encore couché là, les jambes écartées. Le jardin ornithologique à Lavizan où je t'ai taillé une pipe tandis que des grues s'efforçaient de réprimer leur curiosité. Et puis Orost et les terrasses en travertin de Badab-e Surt : tu as photographié les flaques d'eau sur les couches de roches pendant que je me séchais avec le torchon à foutre qu'on avait apporté.

Je vide les cadres et fourre nos photos dans la boîte d'emballage du samovar. Chaque fois que tu pars, j'étête toutes les bougies d'un pouce pour qu'il ne reste aucune trace de combustion. Les chandelles ont beau rapetisser à force de découpage, je savoure la cérémonie qui consiste à tout rendre neuf quand me voilà débarrassé de toi.

Tes chemises dans le placard, je ne m'en débarrasse pas. Si j'étais plus superstitieux, peut-être que je mettrais le feu aux manches pour que tu te consumes, où que tu sois, encore au volant ou déjà rentré chez toi. Je préfère disposer les plus élégantes sur le matelas et chuchoter là où se trouveraient tes oreilles. Déclarer que c'est fini. Est-ce que c'est fini ?

Je sors les cassettes VHS que tu m'as achetées par mesquinerie. Pour les effacer, je dois maintenir enfoncé le bouton « enregistrement » du magnétoscope tout en mettant sur la télé une chaîne où il n'y a que de la neige.

« Les cassettes, ça passe plus facilement », avais-tu juré, le personnel de sécurité des aéroports n'ayant en général qu'un lecteur de DVD, mais pas de magnétoscope, sous la main. Le mien est antédiluvien. Maintenir ce bouton appuyé est une gageure. Parfois je lâche et je vois une bribe du film – Jean Harlow au téléphone, la danse de Qeysar, Mary Pickford qui s'évanouit. Aurais-je mieux fait de suggérer un grand week-end plutôt qu'un meurtre ? Tu ne t'attendais peut-être pas à ce que je cède, à ce que je veuille vraiment fuir.

Parce que tu es encore parti sans dire au revoir, j'ai besoin d'aide pour dormir. D'ordinaire, le poids d'un gros oreiller sur mes yeux suffit. Pas cette fois. Je visualise le corps d'un homme qui se balance sous un citronnier, sans raison si ce n'est qu'on l'a trouvé avec un autre homme. Nous avons lu l'article dans le journal de ce matin. C'était quelqu'un comme nous, même si nous ne le connaissions pas.

« Il aurait été surpris avec un mineur, avais-je commenté.

– Mensonge. Tout est bon pour tuer du pédé. Le même prétexte éculé à chaque fois.

– Je ne veux pas que nos vies finissent comme ça. »

Les mots ne suffisaient pas à te faire agir. Peut-être qu'un geste théâtral t'enflammerait. J'ai secoué le journal dans l'espoir qu'une poussière dans l'œil t'arrache une larme ou deux.

« On ne craint rien. »

Je n'en étais pas si sûr. La panique me poussait toujours à vérifier que nos rideaux étaient bien tirés. La climatisation, cette sale moucharde, les écarte systématiquement. Je suis convaincu que des gens vivent en bas, même si je ne vois jamais personne. J'aperçois parfois une poubelle dehors avant d'entrer, mais jamais je n'entends la moindre voix, le moindre bruit de pas, la moindre conversation. L'appartement appartient à mon oncle. Il est absent presque toute l'année, alors toi et moi avons quelque part où nous bouffer le cul et le nez en toute sécurité.

Nous ne sommes pas des amants antarctiques contraints de renoncer aux fruits d'été pour se tenir la main. Ici, on ne sort avec personne, on s'unit pour la vie. Si par hasard un homme en rencontre un autre avec lequel il échange plus que des mots, une compilation de poèmes de Rumi ou un livre de Kerouac, quel fabuleux cadeau du sort. Sinon c'est un mariage arrangé par peur de mourir. La mort partage notre couche parce que j'ai eu la malchance d'avoir de la chance, de trouver l'amour si tôt. À présent je ne crains que sa fin.

J'ai mentionné l'article de journal, on s'est disputés, tu as renversé le samovar en sortant. J'ai ramassé la théière dorée alors que j'étais sûr de me brûler.

Le chat noir sait quand je suis seul. Des yeux noirs, une queue à demi pelée. En ton absence, il se balade pour me rappeler qu'à nouveau me voici sans amour. Comment ce chat errant accède au balcon, c'est un mystère. Il fait des cercles autour de mes jambes.

J'espère que tu reviendras poursuivre la conversation que tu voulais que je démarre. À propos de ta femme. D'un revolver sous un pont, de ses perles dans la baignoire, d'aussi peu de sang que possible. Une évasion parfaite, une nouvelle vie ailleurs sans craindre le bourreau. C'était une blague. Peut-être pas.

Je prends un troisième comprimé. Je ferme les yeux et, enfin, le sommeil vient.

Je me réveille avec une gueule de bois sur le balcon de la chambre. D'ordinaire je ne dors pas dehors, mais j'avais trop besoin de changement, quel qu'il soit. J'entends le téléphone. Je me précipite avant qu'un invisible voisin ne se plaigne. La pièce tangue. Il y a du désordre. L'odeur de tes cigarettes. Tu es revenu pendant mon coma. Peut-être ne m'as-tu pas vu, ivre de médocs, couché dehors. T'es-tu glissé seul dans l'appartement pour t'assurer que la voie était libre ?

J'essaie de comprendre la scène que tu as laissée derrière toi. Deux tasses. Une chaussure aux lacets bordeaux.

Je décroche le combiné, prêt à te gronder. « Allô ? » Même ma voix a le tournis.

« Vous êtes de la famille de Zal ? demande une femme.

– Oui. » Notre mensonge.

« Il s'est fait agresser », dit l'infirmière.

Une lampe hantée me distrait. Même éteinte, l'ampoule reste chargée d'électricité. La faute aux fantômes. Ils veulent que je voie ce que tu as laissé.

« Vous avez entendu, monsieur ? »

L'infirmière ne cesse de mâcher son chewing-gum tandis que des machines en lévitation passent près du téléphone. Ou alors elle marche, ce qui expliquerait les interphones, les cris furtifs, le murmure en arabe – des migrants aux urgences – et le bruit de tiroirs qu'on ouvre et qu'on ferme. La rouille doit en faire dérailler certains, vu la façon dont elle bataille avec eux.

« Ne venez pas le ventre plein, dit-elle. On a déjà assez de bazar à nettoyer comme ça. »

J'attrape un manteau dans le placard. Ça m'occupe, tout inutile que soit une couche de plus par cette vague de chaleur. Je vérifie que la cuisinière est éteinte, même si je ne m'en suis pas servi depuis des jours. J'ai besoin de la sécurité qu'offre la routine pour gagner du temps, une anfractuosité qui me permette de digérer. Je cherche ce que je pourrais renverser. Ce serait la chose à faire, il me semble. Je m'arrête pour enfin décrypter la scène. Deux tasses. Un emballage de préservatif. Tu es venu ici avec quelqu'un.

3

Au moment d'appeler un taxi, je ne sais plus parler, mais je me retrouve quand même en voiture. Le chauffeur s'obstine à faire la conversation. La météo. La politique. Les rues fermées.

« Qu'Allah soit avec vous », conclut-il. J'ai oublié ce que je suis censé répondre. Il annonce le montant de la course. Je ne comprends pas les chiffres. Je tends mon portefeuille ouvert et son visage se voile d'un sourire. Je m'apercevrai plus tard qu'il a trop pris.

Je ne peux pas me ruer vers toi, tel ce roi de *La conférence des oiseaux* qui fit la course contre son messager pour voir qui des deux arriverait le premier au chevet de sa bien-aimée. Comment expliquer à quelqu'un ce que tu es pour moi ? C'est aussi difficile que lorsque nous étions enfants et que je suppliais ta tante de te laisser sortir jouer.

« Tu l'emmènes où ? » demandait-elle.

Je ne t'emmenais nulle part. C'est toi qui surgissais en courant et m'attrapais la main. Tu m'entraînais dans la montée raide de notre rue, haut, plus haut, tout en haut, jusqu'à ce que nous n'ayons d'autre choix que de descendre. Tu m'embarquais parce que je te comprenais. Je savais que, par peur, tu ne possédais rien de féminin : tu jouais à la poupée avec des cuillères, tu déchirais exprès tes boutons de chemise pour pouvoir faire de la couture.

Les portes automatiques de l'hôpital s'ouvrent et se ferment chaque fois que passe un corbeau. Il y en a notamment un qui prend un pruneau pour un cafard. Il s'approche de l'entrée. La porte s'ouvre. Effrayé, il s'envole. La boutique de l'hôpital est pleine de gamins. Ils mélangent les cartes qui disent toutes *Bon rétablissement* et affichent pour moitié des photos de chats éculées. Des roses, des iris, des bouquets desséchés – le réassort est pour demain. Je n'achète rien. Tu ne mérites pas de récompense.

Tandis que le personnel hospitalier se parle tout bas, des enfants du service d'oncologie passent le temps en composant des guirlandes de fleurs en papier de soie. Une toute jeune fille en foulard gris se promène avec un panier plein de pensées. Un petit garçon aux chaussettes dépareillées s'efforce de redresser une pâquerette sans arracher de pétale. Des gamins enroulent leur guirlande autour d'un panneau d'affichage, mais ne l'épinglent pas. Quand ils partent, le courant d'air créé par le passage d'un fauteuil roulant la fait tomber. Je retire une vieille punaise du panneau pour la fixer.

Je continue à tergiverser. Il y a des guirlandes jusque sur l'encadrement de la porte des toilettes des hommes. Quand nous étions adolescents, je rêvais d'un trou dans l'urinoir pour t'épier quand je t'entendais déboucler ta ceinture. Je bandais trop pour pisser. *Je ne pourrais pas juste te lécher l'aisselle ?* j'aurais bien demandé. Je me calmais en mâchouillant mon col de chemise.

Je me lave les mains quatre fois, à défaut d'autre chose à faire. Ma peau est lâche au niveau du poignet.

Je finis par aller à l'accueil te demander par ton nom.

« De ce côté », dit une infirmière.

Elle ne cherche pas à savoir comment je te connais. Elle s'en fiche : plus vite j'entrerai, plus vite tu sortiras, plus vite elle accélérera encore avec la personne suivante. Dans la salle d'attente, une femme fait les cent pas, la lèvre supérieure ourlée de sueur. Elle a une légère moustache blonde, malgré des sourcils noirs. L'infirmière la désigne d'un geste.

« C'est cette dame qui a appelé l'ambulance. »

Je hoche la tête en guise de salut, pas de remerciement.

La femme s'essuie le front. Dès qu'elle me voit, elle se précipite pour partir. « Je voulais juste m'assurer que quelqu'un viendrait.

– Attendez. S'il vous plaît. Que s'est-il passé ? »

Ses bras retombent le long de son corps. Sa défaite est palpable. Elle avait espéré s'épargner les détails sordides.

« Ces types. Ils étaient en train de les passer à tabac.

– *Les* ?

– Oui. » Elle regarde autour d'elle. Elle craint qu'une seule conversation la lie à moi pour toujours. « Il était avec un jeune homme. Ces voyous les ont agressés.

– Vous vous êtes interposée ? »

D'un regard, elle me supplie de ne pas la mêler à ça.

« Je voulais juste m'assurer que quelqu'un viendrait. C'est tout. »

Je pourrais la remercier d'avoir veillé à ce que tu arrives ici vivant. Je pourrais tout aussi bien la maudire d'avoir planté l'image dans ma tête. Un jeune homme. Pas moi.

Elle quitte la salle d'attente vide. Il a dû y avoir du monde, un peu plus tôt. Des chaises pliantes sont éparpillées dans un désordre presque comique. Il y en a même une qui fait face au mur. Une partie de moi s'attend à le voir, le jeune homme. Il guette sans doute aux abords du bâtiment dans l'espoir que la voie se libère.

D'ici sa venue, j'ouvre une boîte de bonbons à la rose achetée à la boutique. Je pose une fleur en sucre sur ma langue. Le goût me rappelle les visites au village de ma grand-mère, à m'occuper des rosiers. Je prends deux bonbons supplémentaires. Ils ne fondent pas. Je manque de salive. Les trois confiseries se soudent en un seul bloc. Mais pourquoi pas une quatrième ? Tu as baisé un autre que moi. Sans doute plus aimable, plus ouvert, plus gentil que moi. Mais que tu puisses souhaiter t'enfuir avec lui, que tu puisses mourir avec un autre, c'est ça et pas la dernière rose en sucre fourrée dans ma bouche déjà pleine, c'est cette pensée-là qui me donne un haut-le-cœur. Cette trahison, cette morsure me procurent plus qu'assez de salive. Je vomis rien et tout. Toutes les douceurs jamais venues de toi, les sablés à la farine de riz, les baklavas perlés de pistaches, les gâteaux au miel et aux noix, les myrtilles, le bleu, les fontaines de lait et de foutre, je te les rends.

Ça aurait dû être nous, face à face, nos bouches ensanglantées tendues vers un baiser, nos corps en charpie cherchant à se rejoindre, centimètre par centimètre.

Tu es dans le service des gens qui font vraiment tout ce qu'ils peuvent pour ne pas se répandre hors d'eux-mêmes. Serrer les orifices, pincer les lèvres, se recroqueviller à l'extrême pour que rien ne s'échappe – intestin, fœtus, troisième œil.

Dans ta chambre, pas de fleurs. Personne n'est encore venu. Le jeune homme, celui qui te tenait la main, t'aurait-il apporté du lilas ? Une couronne à enfouir dans ton cou ? Il se précipiterait vers toi. Te lécherait le menton.

« Est-ce que c'est fini ? » demanderait-il en parlant de ton amour pour moi.

Tu hocherais la tête. Réglé pour vous deux. Mais, sans moi, ce ne serait pas pareil. Tu as besoin de l'adultère pour te sentir adulte.

Tes yeux restent fermés. Tu es relié à tant de tubes ; des pailles tordues t'écartent les narines. Ton visage est plein d'agrafes, couvert de plaques. Tes bips et tes glouglous me maintiennent en alerte. Vite, on t'amène. Vite, on t'emmène. Je me lève pour rentrer chez moi.

« C'est bon, dit un médecin. Vous pouvez rester. »

Je suis soulagé qu'il ne me chasse pas de ta chambre. Il disparaît avant que j'aie fini de lire un jugement sur son visage.

Ta chemise bleue repose sur la chaise près du lit, coupée en deux, violette de tant de sang. C'est moi qui te l'ai achetée. Lui, sans doute que tu ne l'étrangles pas. Sans doute qu'il n'a pas besoin qu'on l'encourage à se faire prendre. J'hésite toujours. J'ai beau me préparer avec les verres effilés réservés au sirop de mûre, des bouteilles de shampoing au gardénia ou même le dos d'une spatule, je me tends quand tu t'apprêtes à me baiser. Ma peur, c'est d'être sale. Mon cul, bien sûr, même après l'avoir lavé du mieux possible. Mais aussi mon inclination. Avec lui, tu n'entends sans doute pas le moindre bredouillis d'excuse. Moi, je préfère que tu me forces avant que j'aie pu protester.

Une infirmière me sort de ma transe. Elle entre avec un sac transparent, sans étiquette, et fourre ta chemise dedans. Pas de sentimentalité dans son geste.

« Cadeau. » Elle le lâche sur mes genoux. « Vous devriez sortir d'ici. Faire un tour. Boire un soda. Ce que vous voulez pour reprendre pied. Ne serait-ce qu'une minute. »

Regarde-moi, pauvre mendiant, demander aux couleurs de tes vieux vêtements de revenir. Par transparence, je vois que le col de ta chemise est rigide, comme la seule fois où nous avons dansé ensemble dans un lieu public. Une valse, il y a des années. Je ne sais pas trop d'où je tenais les pas. Un mariage. Le tien. Le gâteau était infect, mais je n'ai pas voulu me plaindre. Nous nous sommes cachés dans le couloir qui séparait les femmes des hommes, le couloir d'où nous avons entendu les unes acclamer la mariée et les autres t'appeler. Quelque part entre leurs deux lecteurs de CD – musique folklorique traditionnelle d'un côté, Donna Summer de l'autre –, j'ai posé la tête sur ton épaule. Dans l'espace entre les deux pièces, tu as mené la danse.

On te ramène dans la chambre. Cet instant imprévu où nos regards se croisent. Je me détourne. Il est bien plus facile de fixer les murs que de lire dans tes yeux ce que je ne veux pas voir : la panique de me trouver là, moi plutôt que lui. Je scrute à nouveau la pièce. Sur la table de chevet, on a disposé tes dents dans un flacon, certaines à moitié pulvérisées. Je ne les connais qu'à leur place. Pour ne pas m'évanouir – ta bouche grande ouverte dégouline d'improvisations sanglantes jusque dans ton cou –, je lève le flacon devant la fenêtre. Rétroéclairées, les molaires brillent. Une abeille est figée de l'autre côté de la vitre. Je tapote le carreau pour la faire bouger. Sans succès. Je tape un peu plus fort. Elle tombe, morte.

Les médecins sortent. Me retrouver seul avec toi, c'est ce qu'il y a de plus odieux. Je n'ai pas le temps de jurer ou de pleurer que je me penche déjà sur ton lit. Ma bouche est déjà sur la tienne. Je t'embrasse une fois, peut-être deux. Toi à qui il ne reste qu'une dent. Une tenace dent de sagesse.

Tes dents sont ce que tu as de plus sensible. À cause de moi, j'en suis certain. Il me fallait toujours des grenades quand nous étions enfants, alors tu mordais leur peau dure et tu la déchiquetais rien que pour moi. Plus d'une fois j'ai confondu le jus qui te coulait sur le menton avec le sang de tes gencives.

« Ça va. » L'éternel mensonge du dessert. Tu aimes les glaces, tant pis pour la douleur.

Sait-il seulement cela, et que j'en suis la cause ? S'est-il étouffé sur une de tes dents ? Tu partages avec lui une intimité que je ne connaîtrai jamais.

Peut-être qu'à cause de lui, tu n'as jamais envisagé de partir avec moi. Ma suggestion était extrême, notre situation, inextricable. Être avec toi ici, dans notre ville natale, semblait bien improbable.

« Tu n'as qu'à faire semblant d'être aveugle, as-tu proposé un jour. Comme ça tu pourras me tenir la main pendant des heures. »

Nous avons testé l'hypothèse. J'ai fermé les yeux pour voir où tu m'emmènerais, gardé les paupières closes afin de mémoriser ta façon de marcher, tes pas rapides, tes arrêts soudains pour laisser passer les gens. Mes lunettes noires me serraient. Nous les avions achetées dans la rue à un homme qui vendait aussi du maïs grillé, trop pressés de tenter l'expérience. Nous pouvions enfin être amants en public. Je n'avais qu'à sacrifier ma vue.

Les yeux fermés, j'ai remarqué que tu t'excusais beaucoup. Était-ce un jeu à mon intention ? Tu t'arrêtais aimablement pour céder la place aux passants, mais tu ne lâchais pas ma main. Cette pensée, cette éclipse : que sacrifier pour te garder ?

Tu t'endors dans ton lit d'hôpital avant que nous ayons pu parler. On t'a recousu la joue. Au premier coup que tu as pris dans la tête, une de tes dents s'est plantée dans la chair. Au coup suivant, elle t'a déchiré le visage. Ils ont agrandi ton sourire, mon amour. Quand tu reviens à toi, on te bourre d'antalgiques. Mais pendant une minute, tu sens. Et pendant cette minute, tu te purges d'autant de larmes que possible avant de perdre à nouveau connaissance.

« Pouvez-vous me dire quoi que ce soit sur lui ? je demande à une infirmière. L'autre type ? »

Elle secoue la tête. Arrive une médecin dont le foulard est retenu par une épingle à nourrice. Elles chuchotent entre elles.

« L'autre jeune homme ? demande la nouvelle venue.

– Vous connaissez son nom ? Il faut que je le voie.

– Désolée. Nous ne pouvons pas vous aider. »

J'éprouve les prémices d'une obsession. Je veux savoir s'il a les cheveux épais là où les miens s'éclairciront. Toi et moi, nous avons vécu plus longtemps, passé assez de temps ensemble pour suivre de près l'évolution du corps de l'autre. Un coin de peau qui s'affaisse, un poil pubien qui vire au gris. Est-ce que tu m'as trahi par ennui ? C'était facile, jadis, de conserver ton attention – à l'époque de nos premières fois.

Notre premier baiser. Tu avais reconnu avoir volé un métronome.

« Pourquoi ? avais-je demandé.

– Pour le mettre sous mon lit. » Et contrefaire le battement de mon cœur pendant que tu dormais.

Ce sentiment te gênait. C'est à ça que j'ai su que tu étais sincère. Pour reprendre contenance, tu es devenu cruel. Tu m'as traité de vicieux.

Tu as dit : « Une petite pute comme toi talerait même le lait. »

Plus tard, je me suis assis devant la coiffeuse de ma grand-mère pour aligner mes lèvres sur une tache mauve du miroir. Là, j'ai souhaité être ta petite pute d'épouse. Je voulais me voir comme tu me voyais. Parfois tendrement. Parfois avec violence. Tu avais raison. J'avais un étrange pouvoir. Je ne les avais même pas touchés que les abricots étaient déjà talés.

Je dois agir, reprendre pied, comme l'a suggéré l'infirmière. Elle n'est pas dupe. Peut-être comprendra-t-elle bientôt pourquoi je tiens tant à toi.

Je veux gâcher la vie de tous les amants. À moi la fumée prise aux bouches d'inconnus pour goûter la brûlure qui tient lieu d'air. Nous ne serons quittes que si je baise quelqu'un d'autre. Il y a dans cette pensée un certain équilibre, un équilibre entre nous que j'aimerais trouver.

4

« Si tu étais une femme, on pourrait se marier, as-tu dit un jour. Ce serait différent si tu étais ma femme. »

La voix me vient, un ruban, toujours avec des trompettes que je tais. Mais je ne peux me sortir l'idée de la tête. Elle y crée du grabuge. Peut-être que si j'étais une femme, je saurais garder un homme. Une pensée suffisamment arbitraire pour rester.

J'ai tout juste assez d'essence pour aller jusqu'au jardin des sculptures. Troisième cabine des sanitaires les plus au sud. C'est l'heure des paraboles. La fausse pudeur ne sert à rien avant le rituel des regards en coin. Tandis que je passe sous l'unique ampoule des toilettes, la lumière crème vire au jaune dans un chuintement. Je détourne la tête de la canalisation d'où s'extrait une odeur de merde en quête de compagnie. Je m'asperge d'eau de rose derrière l'oreille. Moi aussi je peux te trahir. Je me nettoie avec le tuyau des WC. J'ai un peu honte ensuite quand quelques gouttes se baladent dans mon jean. Un acte optimiste, pas si différent d'une demande de grâce.

J'attends de voir si quelqu'un va venir. Pour bander, je cherche des vidéos pornos – *jockstraps* béants, trous lubrifiés et POV où des hommes clignent trop des yeux en attendant le tir gagnant. Prétendre que je n'ai pensé qu'à toi serait un mensonge. Mais rien sur mon téléphone ne déclenche davantage qu'un début d'érection. Si au moins j'étais dur, quelqu'un qui me trouverait en train de m'astiquer pourrait se joindre au happening, côte à côte avec moi, ou se mettre à genoux.

Je ne me suis pas branlé depuis si longtemps que je sens le foutre cailler en moi. Je suis sûr que je vais juter des statues toutes faites : Cérès et Minerve, Vidar et Odin. Un jet convulsif d'yeux et de bouches de bustes mythologiques. Zorvan et Atar, Fuxi et Nuwa.

Penser à toi et lui. Ça, ça marche.

Un homme entre après que j'ai éjaculé. Il pousse un grognement en me voyant, surpris de tomber sur quelqu'un. Il est tard. Ce doit être un gardien. J'essaie de m'y remettre, mais je perds vite toute motivation.

C'était une tentative d'humour de la part de ton petit ami ? S'en aller avec une seule chaussure parce qu'il n'a pas besoin de l'autre ? De retour à l'appartement, je m'en approche sans la toucher. Tu as peut-être trouvé un type qui découvre l'amour, mais moi je peux en choper un qui hallucinera de ce que je sais faire de ma gorge. Il a beau être plus jeune que nous, la nouveauté passera. Tout se retrouve antique un jour.

J'imagine mon rival revenant s'excuser. Je l'inviterais à monter. Il enfilerait sa chaussure. Je nous servirais du thé avec mon samovar cassé. Peut-être l'appareil a-t-il reçu mon coup de pied au moment même où tu en prenais un au visage ? Je visualise les deux scènes en simultané. Mon pied dans l'urne. Une botte dans ta joue. Je fais la grimace.

Je me repasse notre dispute.

« Je suis prêt à partir », ai-je dit avant que tu disparaisses. Avant que je taille les chandelles. Avant que j'entende parler de lui. Quand je croyais ta femme ma seule vraie rivale.

Tu as marqué un temps, hésitant à me croire.

« Où ?

– Ispahan.

– Pas plus loin ?

– Je ne peux pas. Pas tant que ma mère est en vie. »

Il y a quelque chose de définitif à partir trop loin. Ma grand-mère n'aurait pas voulu que je parte tout court. Ça, j'en étais sûr. Entre une fille prématurément disparue et un fils happé par un autre continent, elle aurait voulu que je m'occupe de ma mère.

Tu as secoué la tête.

« Tu ne me crois pas ? »

Tu as failli rire. « Tu m'as toujours fait attendre.

– Plus maintenant. Maintenant la mort me panique.

– Et l'argent ?

– Fais-moi confiance.

– Bien sûr. »

C'est sorti tout seul, mais ta respiration a changé. Tu as beau ne jamais admettre te sentir mal à l'aise, tes paumes étaient moites. Je t'ai vu tenter de les essuyer discrètement sur tes poches arrière. Jamais assez discret.

« Tu es sérieux ?

– Sérieux comme un citronnier. »

La pièce était bleue. Je n'avais pas le courage de changer de cassette, de repasser les manigances de Barbara Stanwyck. J'en avais tiré le nécessaire. La mauvaise heure a clignoté sur l'écran. La machine pensait peut-être que nous étions ailleurs. Bangalore. Bangkok. Budapest. Des roses bleues sur la table et, sur les draps, des taches de sperme que j'essaie toujours d'estomper en vain.

Tu as hésité. Certes, il y avait les réponses toutes faites : « Je ne devrais pas », « Ce n'est pas possible » ou « Tu veux rire ». Tu as finalement choisi la question que j'espérais.

« Comment ? » L'idée nous excitait. « C'est un sacré pas à sauter. La mort.

– Tu trouves ? » Un temps, nous avons tous les deux pensé au peu qu'il faudrait pour en finir à chaque instant. Un baiser empoisonné, un collier de perles qu'on resserre, un trébuchement qui fait chuter d'un balcon. Ta femme ne serait plus là, et nous, nous serions libres.

« À qui manquera-t-elle ? » ai-je demandé.

Ton attitude a brusquement changé, comme si un hypnotiseur avait claqué des doigts à plusieurs villes de là. Tu regardais par la fenêtre. « Tu t'es dérobé par le passé. Tu es un lâche quand il s'agit de moi. »

Une rude accusation. « Je n'ai jamais rien fait de moins lâche qu'être avec toi. Je suis prêt maintenant. Je ne me déroberai pas. »

Tu n'étais pas convaincu. « Toute cette violence en vaudra-t-elle la peine ?

– Qu'entends-tu par violence ? La cruauté est inévitable, qu'on la maîtrise ou pas. »

Tu as alors poussé un très long soupir, qui m'a semblé durer plusieurs minutes. « Parfois je voudrais juste recommencer à zéro.

– Voilà. Moi aussi.

– Avec quelqu'un d'autre. L'historique est trop lourd avec toi. »

J'attends. Je ferai entrer le garçon lorsqu'il se présentera. Il enfilera sa chaussure. Nos tasses de thé nous tiendront lieu de sablier. Quand le breuvage sera aussi froid que la pièce, quand la vapeur cessera son ascension, le jeune homme partira. Et je resterai là, jusqu'à ce que l'hôpital te laisse sortir. À l'heure de notre mort, je veux que nous soyons ensemble. Je veux être à tes côtés, cause ou témoin.

5

Je m'arrête au passage en allant travailler. Les lacets sont un point de départ relativement simple. Si j'avais une autre piste, le moindre détail sur son apparence physique ou ce qu'il mange, son régime, ses fétiches, alors c'est peut-être par ça que je commencerais. Je n'aime pas l'idée qu'un jeune homme sache que j'existe sans que je sache rien de lui.

« On ne vend pas ce modèle », dit un commerçant. J'en suis au cinquième magasin. « Il les a sans doute teints lui-même avec du sumac. Vous en voulez ? J'en ai quantité dans l'arrière-boutique. Ma fille prétend que c'est bon pour Alzheimer. Je lui ai pourtant dit que j'avais une chance empoisonnée : je n'ai jamais rien oublié. »

Le marchand a raison. La couleur des lacets est irrégulière. Je retourne à l'appartement et j'essaie trois mélanges différents pour obtenir la teinte exacte. Ils sèchent vite au soleil. Je les pends à la fenêtre d'où leurs larmes rouges coulent sur la façade.

Je me traîne au travail. Je n'avais pas eu de mal à convaincre mon oncle de m'embaucher dans son hôtel : il se sentait coupable d'abandonner ma mère, sa sœur, en Iran.

« C'est le moins que je puisse faire, hein. »

Il avait dit la même chose en me donnant les clefs de l'appartement dont il ne se sert pas depuis son départ aux États-Unis. « Quelle générosité », avais-tu commenté.

Quand il m'a envoyé de quoi repeindre les murs, j'ai plutôt mis l'argent dans un samovar pour les invités que nous n'avons jamais.

« Impeccable », a-t-il déclaré plus tard devant ce qu'il prenait pour une nouvelle couche de blanc. Avec le reste de la somme, j'avais acheté des ampoules neuves. La luminosité supplémentaire a fait illusion.

À l'hôtel, au moins, je peux feindre la normalité jusqu'à ce que tu ailles bien. Je pousse des chariots de bagages ou de serviettes propres dans les couloirs. Je fais les lits, je vide les poubelles, mais je laisse toujours une trace, un signe que la chambre a été occupée : un tout petit morceau de papier-aluminium dans la corbeille, un poil dans la douche. Ou bien je déchire le coin d'un sachet de thé, ce qui poussera les clients suivants à plutôt boire du café.

Quand je fais le ménage, j'ouvre les tiroirs pour voir avec quoi nos riches visiteurs, souvent parmi les plus blindés à se promener dans Téhéran, ont déjoué la douane. C'est à eux qu'il est le plus facile de piquer des cachetons : personne ne se plaindra d'un vol de produits pharmaceutiques par peur d'être arrêté. Et les maillots de corps ont si peu d'importance. En général, les hommes pensent qu'ils les ont égarés.

Au sixième étage, quelqu'un a mal fermé sa porte. Quand je m'aperçois que la chambre est vide, j'examine chaque tiroir. Une bague tape-à-l'œil repose sur un chemisier froissé.

Soudain la porte s'ouvre sur la cliente en pleurs. Elle s'arrête en me voyant et lâche un loulou de Poméranie au nœud assorti à son foulard Chanel. Je retire sa bague.

« Vous faites quoi, là ? » Elle ôte une poussière de son rouge à lèvres. Son chien a trop peur pour approcher.

Je la joue flegmatique.

« Je fais la chambre. Comme vous l'avez demandé. » Je désigne l'affichette sur la poignée de la porte. Une feinte pour chaque piège. « Peut-être vouliez-vous mettre le côté *Ne pas déranger* plutôt que *Merci de faire la chambre* ?

– Je ne mets jamais rien sur la porte. » Elle n'est plus sûre. Son chien traîne les pattes jusqu'à la salle de bains.

« Alors ça doit être une plaisanterie. Il faudra que nous consultions la vidéosurveillance pour identifier de quel client il s'agit. Sans doute des enfants en mal d'occupation. »

Elle baisse les yeux vers la bague que je tiens toujours.

« J'allais la ranger dans le coffre de la chambre, dis-je avant toute question. Vous vouliez sûrement la mettre à l'abri. Que les pierres soient vraies ou pas. »

Ça touche une corde sensible. « Évidemment qu'elles sont vraies ! »

Dans le couloir, je l'entends hurler sur le réceptionniste. Une fois qu'elle a raccroché, elle se remet à pleurer. Ses sanglots me font regretter de ne pas réagir de façon plus ordinaire à la trahison. Une brûlure, un bleu, une coupure à exhiber comme preuve de ma dissociation.

Le rituel de nos rendez-vous dans l'hôtel de mon oncle a quelque chose de ridicule. Nous nous retrouvons toujours au douzième étage, dans la chambre d'angle, un peu moins grande que les autres. Elle n'est jamais occupée à cause des bruits que fait le lavabo hors utilisation. Les clients se plaignent qu'elle est hantée, mais je la nettoie pour nous. Et si quelqu'un nous entend dans notre ivresse de baise, ça ne fait que confirmer les soupçons qu'elle est infestée de fantômes.

« Autant être prudent », avait dit mon oncle à qui j'avais transmis les plaintes au téléphone.

Il m'avait demandé d'acheter quatre exemplaires du Coran pour la table de nuit.

Nous arrivions en secret. Toi d'abord, puis moi, une fois que j'avais terminé mon service et échappé à l'attention des femmes de chambre et des garçons d'étage absorbés par leur téléphone.

Avant chaque rendez-vous, je remplissais des jours à l'avance le petit frigo que nous avions depuis longtemps vidé de toute bouteille. Je tirais sur les draps et nettoyais le miroir, comme dans n'importe quelle chambre.

Tu adorais le tableau standard au mur, une copie de copie d'un Matisse figurant des kakis. Tu le voulais pour chez nous comme si c'était un accessoire. Tu voulais aussi une réplique du magnétoscope, du minibar en marbre, des commodes. Ça avait commencé comme une méchante plaisanterie. J'avais ri de te voir prendre une photo du tableau, la copie d'une copie. Et quand tu avais fait encadrer un tirage, j'avais ri de nouveau en te montrant l'éclat lumineux. L'angle de la prise de vue ne masquait pas l'applique derrière toi. Son reflet sur la vitre s'était frayé un chemin sous celle de ton cadre.

« Bien », avais-tu dit quand je te l'avais fait remarquer. Pour toi, ça n'était pas une blague. C'était un défaut brutal. Du même ordre que celui que tu vois en nous – une catastrophe à laquelle tu ne peux pas résister.

Le silence des chambres n'est troublé que par les derniers murmures des hôtes qui viennent de partir. Je jure que j'entends aussi nos vieilles discussions, et toutes les phrases que nous aurions prononcées si nous partagions plus qu'un week-end de temps en temps, un butin de jours comme celui de dattes confites que mettait de côté ta tante diabétique.

Je m'allonge par terre au treizième étage et j'écoute notre repaire en dessous. Une partie de moi imagine le jeune homme, Sumac, débarquant ici pour se coucher sur notre lit. Son haleine juvénile rafraîchirait les draps.

Je finis par trouver le courage de fouiller notre chambre secrète en quête d'un indice que tu aurais laissé. Un autre préservatif. Des verres. La seconde chaussure aux lacets couleur rouille. Quelque chose, n'importe quoi. Je me positionne dans un angle. Depuis la périphérie de la pièce, je longe les murs pour repérer le moindre détail de travers, le moindre signe de ton passage. Je suis déçu de ne rien voir. Je fixe un pauvre sac plastique dans la corbeille qui contenait les fruits que nous avons déjà mangés. Il manque mes livres préférés sur l'étagère.

Quand j'avais six ans, ma mère est rentrée avec un recueil de mythes que la bibliothèque avait oublié de jeter. Elle ne trouvait pas d'ouvrage pour enfants sur les contes persans, alors elle s'était rabattue sur un album avec des bêtes et des dieux grecs. Il était accompagné de lunettes 3D pour donner vie aux illustrations, m'aider à voir Pégase voler, à repérer l'endroit précis du ciel nocturne où Cassiopée avait fini, à m'imaginer accroché au mât du bateau d'Ulysse.

« Ça fera l'affaire le temps que j'en dégote un sur nos histoires », avait dit ma mère. J'ai d'abord cru qu'elle parlait des mythes de notre famille, puisqu'elle jurait que les tragédies venaient par trois. Trois incendies domestiques. Trois suicides. Deux mariages tragiques, d'où sa plaisanterie : « Je compte sur toi pour le troisième. » Un défi.

Quand j'ai commencé à découvrir la mythologie persane, j'ai apporté au livre les ajustements nécessaires. Je sortais ma boîte de feutres pour adapter les histoires. Pégase devenait Rakhch, l'étalon de Rostam : il me suffisait de modifier ses yeux – en amandes, ça faisait tout de suite plus persan – et je dessinais des plumes pour rosir sa peau blanche. Le Sphinx qui harcelait Œdipe se changeait facilement en simorgh. J'avais un bon coup de crayon pour le feu. Mais c'est Tirésias qui me hantait le plus.

Je prends soudain conscience que la chambre d'hôtel est différente. Quelque chose cloche. La porte vitrée qui mène au balcon est grande ouverte, plutôt qu'entrebâillée pour que s'échappent les peaux mortes de nos ébats passés. Le panneau coulissant de la moustiquaire est tordu de l'extérieur, replié sur lui-même, et hors de son rail. Quelqu'un a dû entrer par le balcon, bien que rien ne semble manquer. L'immeuble d'en face cligne de l'œil au rythme des ventilateurs de plafond qui agitent les voilages défraîchis.

6

Peut-être as-tu laissé un indice dans la voiture. Un papier qui serait tombé de ta poche.

Le parking de l'hôtel est vide. La plupart des touristes évitent de sortir. Il fait trop chaud et les résidus de transpiration se cristallisent aussitôt sur les lunettes noires. Les langues se dessèchent instantanément. Même les cils se courbent à l'envers pour mieux sceller les yeux. À la démarche de certains clients, je sais que leurs poils pubiens se retroussent vers l'intérieur sous l'effet de la chaleur.

Les hommes avec qui je travaille ont des sourcils bien plus finement épilés que toutes les femmes que j'aie jamais croisées. Le soir, après le cinquième appel à la prière, la lumière bleue de leurs vapoteuses signale leur position sur le parking, tandis qu'ils se disputent pour savoir laquelle de leurs petites amies est la plus belle sans hijab. Ils se montrent leurs téléphones en guise de preuve.

« Anjir, m'interpelle l'un d'eux. Alors, tu es marié ?

– Non, s'amuse un autre. Il est trop timide.

– Dis-moi, combien de conversations peuvent avoir les moineaux ? » Une référence à la poésie d'Attar, que j'ai sans doute trop fréquentée. « Tu es tout le temps en train de lire ou d'écouter des vieux machins. » Eux préfèrent l'électro en streaming, comme en témoignent leurs tee-shirts qui s'éclairent et s'éteignent aux rythmes stroboscopiques de DJ médiocres se croyant à Ibiza. « Ça, c'est de la musique », disent-ils, par opposition à mes cassettes : du Baudelaire en arabe, des albums d'Aslani.

Je ferme ma voiture après l'avoir fouillée en vain. « C'est tout ? » je demande.

L'un d'eux secoue un carton dans un sac de congélation. « Ça te dit ? » Un jour, il m'a surpris en train de le regarder nager. Parce que personne ne l'avait prévenu que la piscine était fermée : les tuyaux étant bouchés par des rats, l'eau avait fini par virer au rose. Il me fait un clin d'œil.

« Non, merci », je réponds.

Il se précipite vers moi, me colle contre le mur et fait mine de me donner un coup dans le ventre. Je ne le repousse pas. J'aime l'intimité, même à son plus violent. Il est déçu de me voir sourire plutôt que trembler.

J'observe les clients de l'hôtel grâce aux alcôves, aux niches, aux embrasures de porte tapissées de miroirs.

À travers les vitres, je vois facilement toute l'entrée, le hall principal comme les longs couloirs qui conduisent vers les ailes est et nord. Au-dessus des cartouches illustrant divers couronnements européens, il y a au moins quatre travaux de Rostam en bas-relief. Sur l'un d'eux, il agite son épée sous le nez de dragons sophistiqués.

Une femme aux lèvres abricot est assise dans l'entrée. Elle porte des bracelets aux deux poignets et un foulard subtilement tissé d'or. Elle est là quand j'entre dans le vestiaire. Elle est là quand j'en sors en tenue de travail, gants blancs, chemise de soirée, pantalon noir et chaussures assorties. Je rechigne à interagir avec elle, ne serait-ce que d'un simple bonjour. Rencontrer quelqu'un de nouveau ne m'intéresse pas. On doit accumuler les euphémismes et censurer les vérités. Je déteste attendre que des inconnus me demandent pourquoi je ne suis pas marié.

Panj, une des femmes de chambre, m'attire à l'intérieur de la cuisine dans la cuisine, la pièce où glougloutent en général du beurre au safran et de la soupe aux orties. Tout est rangé pour la nuit, mais Panj a déjà mis de l'eau à bouillir. Encore une lecture. Je l'ai un jour aidée à calculer la numérologie de son mois de naissance avec une équation inventée pour l'occasion.

« Le Vizir te cherche », dit-elle avant de déplacer un gâteau de mariage qu'on a laissé à décongeler.

C'est une blague récurrente. Même si je suis le neveu du propriétaire, il y a un gérant plus expérimenté, quelqu'un qui ne boit pas, ne lit pas, ne disparaît pas quand il doit laver les toilettes plaquées or du restaurant. Nous l'appelons le Vizir à cause du zèle qu'il met à cafarder auprès de mon oncle. Assise avec moi dans la cuisine, Panj transfère de la musique d'un téléphone coloré à un autre. Elle avait ri quand je lui avais demandé pourquoi elle avait choisi le chiffre *panj* comme surnom.

« À cause de mes cinq avortements. »

Elle le préfère à son prénom de naissance, Fereshteh, qui exprime une sainteté qu'elle ne tient pas à porter. Elle est gentille avec moi parce qu'elle sait que je peux lire les feuilles de thé. J'ai ce don, ma grand-mère l'avait aussi. Panj l'a découvert par hasard quand elle m'a surpris en train de retourner une tasse par habitude.

« C'est pas comme si tu voyais quoi que ce soit, hein ? »

Sauf que si. Dans la cuisine de l'hôtel, elle prépare un café turc.

« Tu ne te doutais vraiment de rien, mon chou ? demande-t-elle quand je lui donne des détails floutés sur ton infidélité. Tu n'as rien lu sur la liaison dans ton Earl Grey ? » Je secoue la tête. « Quel dommage. Si j'avais ton don, je me trimballerais avec une thermos de thé pour lire tout sur tout le monde, des inconnus dans la rue aux banquiers en passant par les manucures – rien que pour être sûre qu'elles ne raccourciront pas trop mes cuticules. »

Les voisines attendaient leur tour dans le jardin de ma grand-mère, derrière le faux-poivrier de l'entrée, pour se faire dire la bonne aventure. L'affluence était généralement à son comble autour de la nouvelle année. Des femmes sur leur trente-et-un, aux foulards bien repassés, en quête du moindre indice sur ce que leur réservait l'avenir.

« Dis-nous tout ce que tu vois, *azizam*. » Ma grand-mère détestait qu'on lui donne du « très chère ».

Ses lectures étaient toujours sensiblement les mêmes. Elle délivrait en général à ses auditrices des messages simples : les bons résultats scolaires de leurs enfants, le succès en affaires de leur mari et l'approximation de bonheur qu'elles finiraient par trouver. Une fois les femmes parties, cependant, elle me disait la vérité.

« Son mari est un chat errant. Son enfant va trop boire de lune. Elle-même sera tentée de sauter. » Elle parlait par métaphores plutôt que d'évoquer frontalement l'adultère, l'alcoolisme et le suicide.

Un jour, j'ai retourné une tasse et j'y ai, moi aussi, découvert des symboles. Mais nous avions un pacte : elle ne lisait pas mon thé et je m'efforçais de ne pas lire le sien. Peut-être avait-elle vu, dans ma petite enfance, mon nom cerné de roses, ou de jacinthes qui, à toute autre période que Norouz, auraient pu indiquer mon goût pour les hommes. Nous roulions le cordon du samovar électrique pour le ranger avant que ma mère ne nous prenne sur le fait.

« Elle ne m'a pas pardonné », disait ma grand-mère tandis que nous cachions vite l'appareil, pourtant plein d'eau bouillante. Je mettais en route sa machine à coudre en appuyant sur la pédale pour que le bruit s'entende de la rue. Je n'ai su que plus tard quelle tragédie ma mère ne parvenait pas à oublier.

« Regarde. » Ma grand-mère désignait des taches dessinant du corail au fond de la tasse. « Si tu es coincé lors d'une lecture, tu peux toujours chercher des formes qui évoquent la faune et la flore. » Le taureau primordial d'Ahura Mazdâ. Une plume sacrée du Homa. Le prince sassanide Khusraw épiant sa bien-aimée.

Je lisais en secret le marc du thé que tu buvais l'après-midi pour m'assurer que nos futurs étaient alignés. Un chapeau. Une colonne. Un champ d'arbres à l'horizontale. Notre premier baiser.

Panj se couvre généralement la bouche en présence des clients de l'hôtel à cause de sa dent morte, une tache grise dans une rangée docile de touches blanches. Mais, avec moi, elle s'en fiche.

« Pourquoi veux-tu tellement savoir ce qui t'attend ?

– Quand on est une fille, toute aide est bienvenue. Disons que je suis tombée sur un connard de trop. »

Un garçon d'étage interrompt notre conversation. Il passe la tête dans la pièce et me montre du doigt.

« Le Vizir te cherche.

– Cinq minutes », répond Panj. Elle vérifie l'heure sur son téléphone à coque en silicone parfumée. « Je veux rencontrer un homme ce soir. » Elle me tend quelques billets pour corrompre la fortune. « Décris-moi son physique. » Je renverse la tasse. « Attends ! » Elle éteint la lumière pour la cérémonie. « C'est mieux, non ? »

Ça ne change pas ce que je vois. Une chouette, une tige, un serpent à l'envers.

« Il aura le physique que tu souhaites. » Une réponse passe-partout pour la mettre en joie.

« Je le savais ! Je pourrais aussi bien lire mon avenir moi-même. Ça dit aussi que je suis divine, non ? »

Je me lèche le doigt et trace un cercle au fond de la tasse, où le gros du café s'est déposé. Une goutte épaisse. Une larme sédentaire. Panj éteint la cuisinière. Elle n'a pas besoin d'en entendre davantage. En quelques secondes, le fumet de vapeur cesse.

« Tu ne savais vraiment pas qu'elle te briserait le cœur ? » demande-t-elle à nouveau. Je ne lui dis pas la vérité : ton visage déchiré, le fait que nous sommes deux hommes.

« Non, je n'ai rien vu venir.

– Quelle conne, cette fille. » Elle met la touche finale à un grain de beauté sur sa joue et doit s'y reprendre à trois fois. « Tu devrais toujours leur faire boire du thé. » Toutes les amours ont la même fin. Un poids sur les genoux. Un amant quitte l'autre en mourant. « Moi, je couvrirais la table de thé, poursuit-elle. J'utiliserais toute ma vaisselle. Et je lui ferais avaler un récipient après l'autre, au type que j'envisagerais d'épouser. Et après son départ, je les lirais pour vérifier qu'il le mérite. Un mug pour déchiffrer ses finances, une tasse pour vérifier que sa mère est morte. Et pour juger du sexe, je lui ferais boire un plein saladier. » Elle reprend son café. « Peut-être que moi aussi j'ai le don. » Elle retourne la tasse. « Oui, oui. Je vois un homme. » Elle baisse la voix pour son petit numéro. « Il est grand et son portefeuille est mince car il ne paie qu'avec de grosses coupures. Là, je vois que sa cravate est rayée et qu'il porte un manteau sur le bras. Oui, oui. Cet homme fera l'affaire. » Elle opine du chef comme si c'était mon avenir qu'elle lisait.

Quelqu'un d'autre passe une tête dans la cuisine. La sœur de Panj, qui travaille à la blanchisserie.

« Tu embêtes encore le diseur de bonne aventure ? Demande-lui si je vais aller à l'université. »

Panj rit. « L'université, c'est pour les filles bien, ma salope. »

Nous faisons brûler de la rue sauvage pour cacher l'odeur des joints. Ça me fait penser à ta tante qui, par superstition, brûlait du harmal au-dessus de nos têtes pour nous protéger de je ne sais quelle future calamité.

Seul dans la cuisine, j'attends que la rue s'éteigne.

Panj repasse une tête. « Tu viens ? »

Je désigne du menton l'herbe qui fume encore.

« Ça porte malchance de partir avant que ce soit fini. »

Elle rit. « Ça peut donc être pire ? »

7

Sumac osera-t-il se pointer à ton chevet ? Je devrais être là-bas, à suivre chaque étape de ta guérison. Au lieu de quoi me voici de retour dans le hall de l'hôtel.

« La rumeur t'est visiblement parvenue », dit le Vizir à la réception. D'un mouvement de tête, il désigne la femme aux lèvres abricot. « Tu veux connaître son secret ? » Il espère que la perspective d'un ragot m'égayera.

« Pas vraiment. »

Devant mon désintérêt, il change de sujet. « Ton oncle attend les photos.

– Encore ? Déjà ? »

Mon oncle réclame des clichés quotidiens de divers endroits de l'hôtel. Une chasse au trésor dans l'établissement pour vérifier sa propreté : l'annexe de la blanchisserie, les armoires électriques, le porte-louche dans l'office. Il cherche toujours des raisons de me virer. Il vient généralement l'hiver, une bonne excuse pour ne pas sortir.

« Il fait trop froid pour aller où que ce soit. »

Il m'incombe alors d'épousseter les roses couvertes de neige, alors que même les jardiniers sont dispensés de travailler dehors. Ils n'ont que la piscine du toit-terrasse à nettoyer, même si les athlètes olympiques s'entraînent en intérieur à cette saison. Mais trimer pour les roses ne date pas d'hier. J'allais à Qamsar chez ma grand-mère, à cinq heures de route, pour l'aider dans des tâches similaires des semaines d'affilée. D'abord une punition, c'était devenu une habitude que j'ai gardée jusqu'à la fin de sa vie.

Ma mère n'a jamais compris mon obsession pour les roses. C'était pourtant elle qui m'avait appris à y voir des serpents prisonniers d'un sort.

« Si tu regardes sous les pétales, il y a des dents. »

Une rose morte était un serpent facile à briser en deux. Mon père se plaignait – pas que son fils collectionne les fleurs, ça ne le gênait pas.

« Mais les roses de Téhéran sont plus belles vivantes, disait-il. Contrairement aux jacinthes de Tabriz ou aux lotus de Laleh-Zar. »

Je savais que les roses mourraient de toute façon. Grises, elles devenaient éternelles. De telles roses parfument les perruques de ma grand-mère dans le placard de mon appartement.

« Il paraît qu'une cliente t'a attrapé avec ses bagues aux doigts, dit le Vizir. Qu'en penserait ton oncle ? » Il rit de sa blague tordue.

« Tu ne ferais pas ça.

– C'est vrai. Je serais incapable de te faire du mal. Pas exprès, en tout cas. »

La femme aux lèvres abricot apparaît derrière lui. « Mon brave, dit-elle. Laissez donc ce jeune homme tranquille. Il offre à qui est d'un autre âge matière à contemplation. »

Ses lèvres sont si grandes que je m'imagine y tomber. D'un signe de tête, je la remercie de sa tentative de compliment. Elle sourit et retourne s'asseoir dans le hall. Elle est encore là quand j'ai fini d'arroser les plantes et que je passe par l'étage suivant. Elle est toujours là quand je redescends avec les plateaux à demi mangés du *room service*. Dans la cuisine, je me charge d'un verre de thé, dont on me fait signe qu'il est destiné à l'entrée.

« La dame, là, dit un serveur aux sourcils bien nets. Elle en a déjà commandé plusieurs. Elle attend que ce soit toi qui la serves. »

Encore une inconnue en mal de confident, j'en suis sûr. Je dépose le thé et un sucrier.

« Est-ce à porter sur la note de votre chambre ? »

La femme surprend mon regard sur sa robe en dentelle noire. « C'est du vintage. J'espère que je ressemble à Hedy Lamarr. Ou à une autre grande hollywoodienne. Ava Gardner ou Lauren Bacall.

– Vous avez déjà l'air d'une star. » Je force un sourire.

« Si je pouvais, j'embaucherais von Sternberg pour qu'il mette en scène ma vie. Je veux que chaque plan soit saturé de boucles, de dorures, d'objets exotiques. Ne serait-ce pas merveilleux ? » Je ne réponds pas. « Est-ce que votre manageur vous embête toujours comme ça ?

– Pourquoi ? L'instinct maternel vous démange ?

– Maternel ? » Elle plisse les yeux pour juger de ma sincérité. « Vous voulez dire que vous ne vous êtes vraiment aperçu de rien ? » Je secoue la tête. Elle est touchée par ma confusion. « J'ai toujours peur que ma gorge me trahisse. » De son voile, elle couvre sa pomme d'Adam. « Il paraît que ma peau est assez lisse pour souffrir la comparaison avec Marlene Dietrich. Vous avez vu ses films ? Je les possède tous, même les westerns minables. Achetés à Dubaï.

– Je n'ai vu que celui où elle chante en haut-de-forme.

– *Cœurs brûlés.* »

Je commence à débarrasser. Dans sa tasse de thé à la cardamome, le marc dessine des formes simples. Des ampoules électriques. Une marquise. Elle doit avoir des tas de belles choses à voler, à en juger par ce qu'elle porte. D'un doré violent, ses bracelets en anneaux de Saturne cabotinent sans concurrence à son poignet. Et sa boucle d'oreille en porcelaine bleue est bien plus authentique que les perles industrielles avec lesquelles paradent généralement les débutantes. J'imagine sa collection décadente de minuscules babioles que je pourrais vendre ou bien jeter à la poubelle avec les pelures de poires. Sa façon de parler ampoulée, son regard trop bienveillant. Tout en elle invite à la rupture. Je fixe son collier de diamants marquise et de perles de culture.

« J'ai eu un amant qui m'a dévastée parmi les roses, dit-elle. Il m'a donné ça après un bain de minuit dans le lac rose.

– Maharloo ? »

Elle est surprise. « Vous connaissez ?

– J'y suis allé. »

Notre longue escapade. Tes CD de Andy & Kourous, ceux que ton père avait laissés dans la voiture. On a fini par écouter des enregistrements de poèmes de Parvin E'tesami sur fond de violons mélancoliques. L'eau salée du lac rose me piquait les pieds, couverts d'ampoules pourpres – j'insistais pour mettre des chaussures de soirée partout où nous allions, à l'époque.

Adolescents, nous escaladions les falaises pour nous déshabiller, un acte libérateur. Nous n'éprouvions aucune honte à nous asseoir, nus, sur le plateau de Ravansar. Quand le vent se levait, tu disais pour rire que c'était Dieu qui essayait de nous vêtir de sable. Nous savions que ça aurait une fin, qu'il nous faudrait retourner dans la ville où nous ne pouvions pas nous tenir par la main trop longtemps.

L'air n'est plus frais. Il l'était peut-être avant la brume de pollution qui tapisse la journée, mais c'est fini. J'accompagne Leyli à travers l'hôtel sous l'alignement des lustres. Au rez-de-chaussée, les couloirs mènent à des boutiques ouvertes seulement sur rendez-vous. Le salon dont les draperies couvrent les fenêtres en panneaux ajourés, le magasin de vêtements qui vend des robes Valentino ou Gautier et des foulards en cachemire, un chocolatier dont la spécialité est un bestiaire de truffes : lions, lynx, léopards.

Dans le jardin d'intérieur, la climatisation transforme les belladones en clochers. Les rosiers sont encore recouverts de sacs de pressing en plastique. Chacun sa couverture. Un employé est en train de peindre à la bombe les arbres du pourtour en blanc. Une astuce bon marché pour imiter l'albâtre. Mon oncle fait sa retape en disant que l'hôtel s'inspire de Persépolis, mais il tient plutôt d'un Versailles vulgaire. La colonnade pue l'essence d'orange. Tant d'extravagance pour continuer à désodoriser les couloirs avec des diffuseurs électriques.

« Quand on travaille ici, dit Leyli, j'imagine qu'on ne veut jamais partir.

– C'est vrai. » J'ai parfois l'impression que je pourrais rester là pendant des semaines. C'est d'ailleurs ce que j'ai fait, la première fois que j'ai fui ma famille et le sang versé parce qu'on m'avait surpris avec un homme. Mais j'ai fini par en avoir marre de passer d'un couloir à l'autre.

« À quel étage êtes-vous ? je lui demande dans l'ascenseur.

– Je n'ai pas encore de chambre. Je suis venue m'assurer que je trouverai dans votre hôtel la bonne énergie. J'ai apporté ce lapis-lazuli qu'un fan m'a envoyé de Libye. On le remue dans du thé et l'eau doit sembler bleue. C'est comme ça qu'on sait que l'âme est en sécurité. J'ai senti la pierre se réchauffer quand je vous ai vu dans l'entrée pour la première fois. Un bon signe. Vous me trouvez vraiment maternelle ? » Elle a clairement surinvesti mon seul commentaire. La voilà trop à l'aise avec moi. « J'ai failli aller en Thaïlande avant d'apprendre que la moitié du coût de l'opération serait prise en charge si je restais ici. » Elle rit. « Quel drôle de gouvernement. Ils pourraient vous tuer parce que vous êtes homosexuel, mais ils veulent bien payer la note si vous acceptez de changer de sexe. »

Ses paroles m'étonnent. Elle est tellement franche, c'en est presque sournois.

Elle considère une nouvelle fois l'hôtel depuis le hall d'entrée et hoche la tête.

« C'est décidé. Je viendrai me reposer ici quand on m'aura coupé la bite. »

Sur quoi Leyli regagne précipitamment la rue. Elle navigue entre les voitures avec une précision très approximative. Même les adolescents reculent. Un camion fonce sur elle dans un crissement et lui effleure à peine le genou.

« Crétin ! » Elle coince son voile entre ses dents et, de ses deux mains libres, martèle le capot. Puis elle se retourne aussitôt vers moi. « Vous m'aiderez à organiser ma fête de départ, vous serez gentil ? Avant ma dernière opération. La grosse, murmure-t-elle. Si Dieu veut. Il va nous falloir du caviar et du *zereshk*. Et puis des archers, des échassiers et des pur-sang. Allons faire quelques emplettes, d'accord ?

– Maintenant ?

– Oui. Pourquoi, vous êtes occupé ? »

D'elle, j'apprendrai sûrement à imiter la démarche de Marilyn Monroe ou le chaloupé de Kim Novak. J'ai des astuces à lui voler. Face aux questions qu'elle m'inspire, je préfère observer que demander. Les hommes restent-ils plus longtemps quand on a les poignets fins ? Et la courbe d'une lèvre dicte-t-elle un autre genre de mort ? Telle une ingénue devant une star, je dois garder mes intentions pour moi. Sinon je serai chassé avant d'avoir pu répéter le rôle de ta nouvelle épouse.

8

Nous enjambons un rat écrasé par un camion. Des lambeaux rouges autour d'un peu de gris. Le moindre cadavre d'animal s'impose à moi comme un présage. Pigeon ou chien. J'y vois toujours une menace, quelqu'un qui souhaite ma disparition.

Nous venons à bout de presque tous les achats de Leyli en une journée.

« Je ne vois pas comment il pourrait y avoir trop de fleurs », dit-elle des préparatifs de sa fête.

La boutique est spécialisée dans les tons pastel. Tous les vases sont roses. Derrière eux, mon corps se déforme dans du verre et de la céramique vitrée. Des moi distincts. S'agit-il de vies perpendiculaires à la mienne ou de la même vue sous d'autres angles ?

« Combien de bouquets ? » demande le fleuriste à propos du laurier-rose.

Leyli les retourne un à un pour les respirer à l'envers. « Autant que possible. »

Voilà plusieurs brassées nouées avec de la ficelle et enveloppées dans du papier journal. Après quoi, direction la pâtisserie.

« Goûtez-en un », dit Leyli en désignant des gâteaux roses. Je n'en ai pas mangé depuis la mort de mon père. Ma mère avait insisté pour qu'il y ait des baklavas, mais elle avait pleuré sur chacun d'eux. Je secoue la tête. Elle est d'accord : « Trop sucrés. »

Le pâtissier s'énerve : « Évidemment qu'ils sont sucrés. C'est comme ça qu'ils doivent être. » Puis il va répondre au téléphone dans l'arrière-boutique.

Leyli ne cache pas son agitation. « Vous entendez comme ils me parlent ? Quand je serai une femme à part entière, ils prendront un autre ton. Petit garçon, déjà, j'étais persécuté. Parce que j'étais beau : c'est pour ça qu'ils voulaient que je saigne. »

Je ne suis pas convaincu. « Qu'est-ce qui vous fait dire que ce sera différent ?

– Si la souffrance diminue, même un peu, ça ira. Le vendredi, j'accompagnais ma mère, paix à son âme, chez le pâtissier pour acheter des biscuits à la farine de riz. C'était la gâterie qu'elle offrait aux voisins. Elle passait toujours sa commande avec tant d'efficacité qu'un jour le patron a dit : "Madame, vous savez visiblement très bien qui vous êtes." C'est ça que je voudrais éprouver, ne serait-ce qu'une heure. »

Au loin, j'aperçois un homme, imperméable au bras. Son souffle me parvient par-delà l'étalage de stickers d'ordinateurs d'un vendeur de rue. Un soupir quitte sa bouche et s'enroule autour de moi. Il me fixe. J'ai envie de poser ma tête sur l'épaule d'un inconnu, quelqu'un qui ne me regarde que depuis quelques minutes, pas des années – des années à me voir m'affaisser de désespoir.

« Vous venez ? » demande Leyli. Et nous voilà partis pour la destination suivante.

La maison en brique garde le hâle d'une vigne vierge depuis longtemps coupée. Un fin réseau variqueux. Leyli et moi traversons une cour pleine de plantes en pot, toutes mortes. Elle grommelle tout bas.

« Il n'a pas arrosé comme il l'avait promis. » J'imagine qu'elle parle de quelque amant belliqueux.

Elle écrase du talon un ballon de foot dégonflé. Le portail, un grand pan de métal vert, grince. Passent des voitures, des taxis. La maison est vide. Presque tout a été mis en cartons. Les branches cassées d'un grenadier ont été rentrées et disposées dans des seaux. Sur les murs par ailleurs nus court une rangée de photos qui commence derrière la porte d'entrée et fait tout le tour, interrompue seulement par les embrasures menant aux autres pièces. Dans chaque cadre, on voit Leyli jeune. Un petit garçon en tenue de soirée comme un autre, si ce n'est qu'il se tient face à une foule sur des scènes aux lumières opaques. Certains clichés le montrent en coulisse avec des membres de la famille royale et du Parlement.

« Je ne peux pas tout porter toute seule », dit Leyli d'au-dessus.

En la rejoignant à l'étage, je passe devant des niches dans le mur, vides. En haut de l'escalier, elle désigne une urne ornementée. « Je pourrais m'en servir de cendrier gothique. » Je tente de soulever le vase et manque de renverser la colonne bon marché sur laquelle il repose.

« Tout ça est à vous ? »

Elle hoche la tête. « Avant la révolution, je chantais. Aussi bien qu'on puisse chanter sans être un vrai castrat. Quelle ironie. »

Leyli se dirige vers la chambre où un vieux monsieur parfaitement habillé attend, assis sur un lit parfaitement fait. Elle tire une boîte à chaussures de sous le matelas et la vide des pièces et billets qu'elle contient. « Tout l'argent que j'ai envoyé pour que tu ne manques de rien. Tout ce que je t'ai acheté, vieil homme. Mais tu as passé ton temps à genoux en prière. Je parie que tu pries aussi pendant des heures dans tes rêves. »

Son père ne dit rien. Il se contente de détourner la tête pour montrer qu'elle n'existe pas. Je sens le poids du jugement qui les sépare. Leyli continue à lui parler comme s'il n'y avait pas de ressentiment entre eux, tandis qu'il égrène lentement les perles de son chapelet.

« Tu veux boire quelque chose ? » lui demande-t-elle. Il ne répond pas. « Il faut que tu manges, vieil homme. » Il se balance d'avant en arrière parmi les fleurs d'artichaut peintes sur les murs. Leyli se tourne vers moi. « Ça vous embêterait de voir ce que vous pouvez faire ? »

Dans le réfrigérateur, il n'y a qu'une bouteille de sirop de mûre. J'en dilue un peu dans de l'eau du robinet. Au congélateur je trouve des glaçons en forme de pâquerettes. J'en ajoute quelques-uns. Le père de Leyli prend le verre et le pose à ses pieds sur le tapis.

Une fois dehors, elle hausse les épaules.

« J'ai peut-être l'air d'une femme qui gère, mais c'est épuisant. »

Je ne peux pas lui demander tout ce que je voudrais. Ce n'est pas l'envie qui me manque, mais je ne peux pas. Elle me traiterait d'imposteur. Ça ne me gêne pas d'être un homme, pas vraiment. Mais un homme au désir tenace pour d'autres hommes, voilà une veine que j'ai toujours voulu m'ôter du bras.

« Je peux aller chercher quelque chose à manger pour votre père.

– C'est du cinéma. Il n'a jamais été aussi gras que depuis qu'il ne me parle plus. »

Le boucher rit quand je lui dis que l'abattoir sent le sucre.

« Ma femme utilise du caramel pour épiler les voisines. Parfois on ne distingue plus les bêtes des femmes qu'on plume. » Et il part d'un gloussement cruel, comme si trancher la gorge d'un veau n'était rien de plus que raccourcir l'ourlet d'une manche. « On a un agneau vivant, là-derrière. Vous le voulez ? »

Leyli réfléchit. « La viande rouge m'ennuie, mais mes invités apprécieront peut-être. » Elle se tourne vers moi. « Qu'en pensez-vous ? »

Le boucher l'entraîne avant que j'aie pu donner mon avis.

« Venez donc me regarder lui couper la tête. »

Elle a laissé son sac. Je pourrais piquer quelques billets, pas plus. Juste de quoi amorcer mon évasion. Mais l'odeur de son parfum à la rose m'arrête.

En attendant dehors, je tague avec des marqueurs à graffiti derrière une arrivée d'eau. Rien de radical. Je colorie l'ombre à cette heure précise du jour. Je partage une intimité sordide avec un homme qui ne s'aperçoit pas que je le vois uriner. Au lieu de viser le coin, il se met dos au mur et pisse au vent. Dans le lointain, on sépare l'agneau de sa tête. Le son est reconnaissable entre mille, quoi qu'en dise le boucher. Pauvre bête morte. Ça me fait penser au *Livre de la vache*, aux sortilèges nécessitant une génisse décapitée dont on coud les orifices. J'avais lu ça dans les notes de ma mère sur Al-Simawi et l'alchimie. Elle avait souligné comment faire qu'une maison semble pleine de serpents.

Devant la boucherie, j'entends le frottement des semelles, un cri. Toi et l'autre homme. Sa main sur ta hanche. Tu l'embrasses, il te rend ton baiser. Un coup, un coup, encore un coup.

Je ne t'ai jamais raconté la fois où, rendant visite à ma grand-mère, je l'avais trouvée en train de couvrir ses roses de sacs en toile de jute, de vieux sacs de riz basmati.

« Pour empêcher les biches de les manger. »

J'avais fait de mon mieux pour l'aider à protéger les fleurs et puis, quelques heures plus tard, je l'avais aidée à enlever les sacs. Un petit éclat lumineux m'avait arrêté. Le nom de la marque de riz avait laissé un minuscule fil doré accroché à une épine. L'écho de ce moment me revient quand je vois un homme secouer le dernier ruban d'urine ou de sperme de sa bite. Et voilà que, l'espace d'un instant, je me sens plus proche de cet inconnu que de toi.

Leyli revient, légèrement en nage.

« Il livrera le corps plus tard. Pour la fête, je cuisinerai la tête. » Elle l'a fait emballer. Je refuse de la tenir dans le taxi qui nous ramène à l'hôtel. « Une seconde. »

Leyli lâche le paquet sur mes genoux avant d'ouvrir son sac pour payer la course. Ça me fait penser à toi, ton poids à cet endroit.

« Ici, c'est très bien », dit-elle au chauffeur. Je lui rends le ballot. Sur ma cuisse, un peu de jus. « Pas la peine de faire la grimace. On dirait que vous allez vomir. Je l'ai surtout prise pour vous. »

Je présente mes excuses à la tête, comme le ferait toute Salomé involontaire. Mais je n'ai pas peur. J'ai grandi avec la mort. C'était le troisième membre du mariage de mes parents. L'interlocutrice systématique de maman, chaque fois qu'un chagrin qu'elle était incapable de mettre en mots la poussait à tenter de se pendre avec un câble électrique.

« Tu es bien le fils de ta mère », disais-tu, sachant que rien ne me blessait davantage.

Je m'imagine pendu à un citronnier, entouré d'oiseaux tandis qu'une dernière expiration chasse de ma poitrine ce qu'il y restait de douceur.

9

La ville est alerte aujourd'hui. Certains jours, elle se relâche. Mais, aujourd'hui, les gens se tiennent droits parce qu'ils savent que je te verrai bientôt. De la main gauche, je balance mon sac de préservatifs et d'abricots. Ils sont assortis par hasard : le vendeur a attrapé le premier paquet venu sous le comptoir pendant que sa femme ajustait l'étalage de safran. Dans ma main droite, la petite brique de lait. Je sais d'expérience que si je la laisse dans le sac, tout sera trempé de blanc. Le marché est à trois pâtés de maisons de l'appartement, à neuf de l'hôtel.

Quelqu'un me pousse par-derrière. Je lâche la brique. L'éclaboussure part vers le haut, mais c'est en bas que je regarde, me détournant par anticipation de ce qui va sûrement venir. Une lame contre ma gorge. Prélude au passage à tabac. Mon esprit va toujours à la violence.

J'espère te voir en relevant les yeux.

« *Hello, stranger* », dirais-tu. Ton salut.

« *Strange hello.* » Ma réponse. « Tu es revenu.

– Il fallait que je te voie. » Inhabituel. « Non, pas inhabituel. » Tu entendrais mes pensées.

Tu me pousserais dans une allée aux relents de yaourt périmé, de serpillère crasseuse et de briquette de lait. Mais notre baiser changerait tout ça. Les moucherons deviendraient papillons. Des papillons de nuit. Que j'estime plus doux que leurs homonymes diurnes, peut-être parce que tu m'as dit un jour qu'ils étaient saupoudrés de sucre.

Tu me tirerais les cheveux et ma tête heurterait le mur en brique. Leur joint suintant imprimerait un graphe vide sur mon dos. Nos baisers auraient le goût du sang parce que tu mords toujours trop fort ma lèvre inférieure.

Je cligne des yeux et c'est fini. Tu ne m'as pas frappé. C'était un gamin après sa balle en caoutchouc. Je me souviens qu'il me reste une course.

Je dois faire réparer le samovar avant ton retour de l'hôpital. Sa théière est incomparable pour dire la bonne fortune : le marc de son thé remonte en ondes inversées qui meurent d'envie que je les lise. Les autres appareils sont des amateurs, je ne vois rien dans leurs taches. Après notre dernière dispute, je l'ai renversé d'un coup de pied. À présent je le veux de nouveau.

Le vendeur de télécommandes pour chaînes Sony obsolètes du marché des orchidées, je sais qu'il est bien membré à sa façon d'être assis. Il est trop poli pour changer de position. Je me plierais en quatre pour l'aider à se dénouer. Je devrais avoir d'autres buts, non ? Plus nobles que le foutre, plus profonds que ce qui entre.

« Sors-toi les doigts du cul », disait mon oncle lors de ses passages en ville. Savait-il ce que je faisais avec mon majeur, fiancé à moi-même ? L'un de nos nombreux sujets de discorde.

« C'est réparable ? » je demande. L'homme scrute le samovar sous toutes ses coutures. Ses trois fils regardent un match de foot à la télé. Quand ils s'approchent trop de l'écran, tout devient noir.

L'homme repose l'appareil. « Et si je vous montrais un nouveau modèle, qui s'éteint tout seul ? » Il voit la photo au cadre brisé dans ma main, observe le verre cassé qui sépare nos lèvres. « C'est votre frère ?

– Bien sûr. » Dire qu'on est parents, et non amants, résume mieux notre histoire.

Les couleurs n'ont pas passé. Nous nous tenons devant le mausolée de Hafez, le seul endroit où j'ai insisté pour avoir une photo de nous deux. J'ai fait la toupie pour que le tournis rende circulaire le dôme octogonal. Tu as reculé vers les colonnes couronnées de polygones et tu m'as photographié au moment où je m'écroulais. Nous avons couru entre les démons cachés dans les cyprès et les perles des groseilliers à maquereau jusqu'à ce que la défonce se dissipe. Sur la photo, nous sommes adossés à des piliers ravagés par une tempête qui aurait mérité un nom.

Le réparateur hurle à sa femme de venir. Elle arrive en épluchant des radis, regarde le samovar et la vitre brisée du cadre. « Une dispute ?

– Un cambriolage.

– Et ils s'en sont pris à ce vieux machin ? » Elle secoue la tête. « Nous avons aussi des modèles plus récents, certains avec des écrans dernier cri. Vous pouvez porter l'eau à ébullition ou arrêter juste avant. Un samovar à interface numérique, ce serait chic, non ?

– Non merci.

– Pas même un samovar à poignée résistante à la chaleur ?

– Quelques brûlures ne me gênent pas. »

Elle rit et jette un radis propre dans un saladier. « Vous devez être un vrai sentimental.

– Il appartenait à quelqu'un que j'aimais.

– C'est un souvenir ? »

Je hoche la tête. Je suis le garçon à la langue de Midas. Je transforme les hommes en souvenirs.

10

Un nouveau jeu pour meubler l'attente à l'hôpital avant ta sortie : je pose des cerises sur l'arête de mon nez, la tête en arrière. Celles qui roulent à gauche disent oui. Celles qui roulent à droite disent non. Vivrons-nous jamais ensemble ? Trois à droite. Trois à gauche. Une dernière, à gauche aussi. Oui.

Sur l'impulsion du moment, j'invente des versions alternatives de nous. À Paris, nous mangeons des cheeseburgers trop salés. Tu me dis que tu as couché avec quelqu'un d'autre. On a beau en rire, je ne partage pas mon millefeuille. Est-ce que je t'aimerais encore, là-bas ? Trois cerises, oui. Quatre cerises, non.

Au Sénégal. Nous buvons du jus de bissap dans une tour. Au coucher du soleil, nous épluchons des poires en faisant des spirales. Qui obtiendra le serpent le plus long ? Tu me dis que tu as couché avec quelqu'un d'autre. Est-ce que je t'aimerais encore, là-bas ? Deux cerises, oui. Quatre cerises, non.

À Tanger. Non, non et non. Je t'abandonnerais sur place et l'amour m'abandonnerait aussi.

Deux infirmières poussent ton fauteuil jusqu'au trottoir.

« Prêt à rentrer chez vous ? » demandent-elles.

Tu es enfin livré à moi. Mais je ne sais pas comment prendre soin de toi. Faut-il te tapoter le sommet du crâne ? J'aurais dû m'entraîner à être plus doux, mais ça n'aurait sans doute pas tenu, comme un mauvais acteur qui perd son accent au milieu de la pièce.

Nous arrivons à l'appartement de mon oncle. Réagiras-tu aux roses ? Pour marquer le coup, j'ai sorti les vases du placard et je les ai disposés sous les lampes les plus fortes, dans une pauvre tentative d'évitement de ce que je ne peux me résoudre à toucher. Dans le salon, deux tasses. Par terre, une chaussette. Une chaussure.

Quand tu entres, je m'attends à une scène beaucoup plus dramatique, comme si tu allais mesurer ce que tu as laissé derrière toi : les verres, toutes les peaux mortes qui n'ont pas bougé. Mais tu n'exprimes rien. Tu prends une grande inspiration, de celles qu'on s'offre avant de passer devant une benne à ordures, et tu entres comme on s'absente, à l'abri du souvenir. Nous n'évoquons pas la conversation qui t'a fait fuir.

Je ferme à clef la porte d'entrée. Seuls, nous nous embrassons. Tes lèvres sont enflées. En cadeau de bienvenue, je finis à genoux. À tes pieds, toujours. C'est là que je suis le plus moi-même. Tu te sens trop sale pour déjà te doucher. La toilette à l'éponge de l'hôpital a ses limites. Je m'en fiche. Je plonge dans les relents de sueur que ton entrejambe a accumulés dans ses fibres. Un jean gris, anciennement noir. Tout en te suçant, je pense à tes vêtements. C'était cruel de te faire remettre le pantalon du soir de l'agression. Si j'avais remarqué, je t'aurais apporté autre chose.

Une fois ta bite dans ma bouche, ça devient banal. Je suis curieux de voir ce que tu supporteras malgré toutes les lacérations. Mon plaisir est indissociable de ta douleur. Je pousse quelques gémissements pour prouver que je suis toujours là. Tes yeux roulent vers l'arrière ; peut-être voudrais-tu que j'arrête. J'essaie de ne pas éternuer quand tes poils me chatouillent les narines. Quelque part, j'espère goûter à l'autre jeune homme. Ton plaisir est indissociable de ma douleur.

« La vieille guerre. La vieille guerre », marmonne dans sa barbe un homme qui passe dans notre ruelle.

Tu te rapproches tout doucement du lit, peinant à te débarrasser de la blouse d'hôpital qui te sert de chemise. Je m'essuie le menton, tu attrapes un antalgique. Mon regard se porte sur le haut des immeubles d'en face. À l'heure qu'il est, j'espère voir un visage au-dessus du verre, quelqu'un qui aurait escaladé les sept étages de la résidence Sohlem, que nous aimons appeler Sodome. Pas de visage. Parfois des rats qui détalent. Les seuls témoins de notre version du paradis.

« Tu as mangé ? »

Tu secoues la tête.

Je n'ai pas l'habitude d'être à la manœuvre, mais la douleur t'a rendu malléable. Je peux murmurer des pensées qui feront leur chemin suffisamment loin en toi. Quand tu seras de nouveau debout, les mains autour de mon cou, alors peut-être prononceras-tu mes mots comme si c'étaient les tiens.

Partons. Loin, mais pas trop.

« Humilie-moi », dis-tu depuis le coin du lit. Je ne sais pas trop ce que tu entends par là. Je tapote les tachetures de sang séché autour de tes lèvres. La mort était loin, avant. Un cadavre de corbeau, un corps qu'on descend dans sa tombe. Plus maintenant. Dehors, une camionnette vend des melons miel à ceux qui ne dorment pas.

« Bien mûrs et pas chers. »

Le vendeur le répète trois fois dans son mégaphone. Bien mûrs et pas chers.

Tu fronces la bouche dans une tentative d'excuses. Je t'embrasse pour te faire taire. Je lèche tes lèvres. Avec les contusions, ça pique. Je pousse ma langue contre tes gencives de velours. Dans un sens, tout va bien. Dans l'autre, voilà ton menton plein de sang. Tu gémis. Tu tentes encore de t'excuser.

« Tu ne devrais pas parler jusqu'à ce que tes dents soient consolidées. »

Je me demande à quoi ressemblera ta voix après ce hiatus. Peut-être qu'ils ont frappé tes cordes vocales, secoué ton larynx. Est-ce qu'un de ces hommes a retrouvé une dent collée à sa chaussure après coup ?

Je presse une orange dans ta bouche. Jadis, tu les faisais bouillir pour ôter l'amertume de la peau. Une fois, par défi, tu avais bu le liquide qui restait, plein de membrane blanche, pour m'impressionner. Peut-être ces souvenirs te feront-ils accepter mon plan. Le jus coule dans ta gorge. Une giclée, une veine ouverte. Tu gémis. La douleur – elle revient.

Je sors le carton de VHS de contrebande et cherche un film calme pour emplir le silence.

Tu te répètes. « Humilie-moi. Pour qu'on soit quittes.

– Je n'en ai pas besoin.

– S'il te plaît. Humilie-moi. Avant qu'on passe à la suite. »

Quelle suite ?

« La vieille guerre. »

Le même homme fait les cent pas en bas de chez nous. Sans doute un sans-abri. Tous les matins, il vend des noix dans des sacs à pita vides. Il casse les coquilles la nuit, met son béret de l'armée le matin venu et parcourt les rues pour vendre ce qu'il peut. Il a les mains noires à cause de la peau des fruits, les lèvres sèches à force de ne manger que des amandes saumurées.

Je l'invite à monter.

Il cherche quelque chose à dire. « La vieille guerre. » Une fois qu'il est entré, je déboutonne sa veste. « La vieille guerre. »

Depuis qu'on t'a bloqué la mâchoire pour qu'elle cicatrise, tu expires par le nez. Ça permet d'évaluer ton humeur plus facilement. Tu respires plus fort quand je suis près de lui. J'approche ma joue de son cou. Tu ouvres la bouche, exhibant enfin tes dents neuves.

« Vous permettez ? » je demande à l'homme.

Il hoche la tête. Je lui retire son manteau et le pose sur le canapé. Même s'il est ici pour servir mes petits jeux égoïstes, je le traite gentiment. Le plus infime baiser sera quelque chose qu'il se repassera tout en cassant ses noix, dont l'odeur rance charge son haleine – il n'a visiblement pas de brosse à dents pour nettoyer la plaque. Toi, tu restes dans l'ombre, tu me regardes poser sa main sur sa bite pour voir si je peux le faire gicler à nos pieds.

Accidentellement, tu grattes une démangeaison dont tu avais oublié l'existence.

« Merde ! » La douleur te plie en deux.

Je me tourne vers le vendeur de noix. « Prenez ce que vous voulez dans la cuisine. » Il se fie au son du réfrigérateur pour trouver son chemin. « Ça va ? je demande une fois près de toi. Qu'est-ce que je peux faire ? »

Tu entends ma voix se briser. Je pourrais plaisanter, dire que je suis enroué à cause de ton foutre qui infecte à nouveau mes amygdales. Mais je ne dédramatise pas. Ça t'étonne encore plus que la douleur. Nous savons la vérité. S'il y avait eu un coup de plus, si quelqu'un avait visé à peine plus haut, tu serais mort.

« Mahtob est ma femme », murmures-tu. Je reconnais le ton. Agressif, oui, mais aussi fatigué d'envisager les divers scénarios. « Est-ce que partir à Ispahan ne suffit pas ?

– C'est aussi ce que j'ai cru. Mais un changement est nécessaire.

– Quel changement ?

– Nous serons en sécurité… quand tu seras remarié. » Un temps. Puis tu comprends. Nous serons en sécurité quand tu auras fait de moi ton épouse.

« Je ne peux pas te demander ça », dis-tu. Les antalgiques commencent leur danse étourdissante.

« Je dois le faire. Je ferai tout.

– Mais…

– Il n'y a pas d'autre option. Il faut juste que tu sois d'accord. »

Je sors de la pièce pour te donner le temps de réfléchir.

« Voulez-vous manger quelque chose ? » je demande à notre hôte dans la cuisine. Il est fasciné par l'eau claire dont j'ai empli une cruche.

Il la montre du doigt. « Je peux ?

– Bien sûr. »

Je cherche un verre, mais il en a déjà choisi un en cristal, en forme de tulipe, lavé pour ton retour. Il le remplit à ras bord. Le salon se bleute. Tu as allumé la télé. Je me tiens sur le seuil pour voir quel film tu as choisi.

Le facteur sonne toujours deux fois, mal doublé en persan. La seule version que tu aies trouvée. La traduction est peut-être fautive, mais je comprends l'idéc. Lana Turner et John Garfield s'enlacent tout en complotant l'assassinat du mari de Lana.

« Et si on se fait prendre ? demande à Lana la voix doublée de John.

– On ne se fera pas prendre. Pas si on est malins. »

L'image se distord un instant, une erreur de transfert du fichier torrent sur cassette. Une grande vague leur déforme le visage.

« C'est donc bien de l'amour, dit-il.

– Sûrement, répond-elle. Sinon ça n'en vaudrait pas la peine. »

Alors je sais que tu me suis. Ce choix de scène le prouve. Tes yeux roulent vers l'arrière, happés par le sommeil. Jamais je n'oublierai la violence qui les ourle.

11

Quand j'arrive à sa fête, Leyli ne fait pas de manières. Elle me plante un baiser sur chaque joue comme si nous étions des intimes. Même ta tante avait choisi de me serrer la main à la puberté. Leyli, elle, me traite en ami de longue date.

Elle désigne une monstruosité à paillettes : « Ça fait froissé ? Je ne repasse jamais mes robes. Je me contente de les caresser. C'était ça ou une concoction à la Shanghai Lily. Tu sens l'influence de l'entre-deux-guerres allemand ? »

Trois femmes de chambre de l'hôtel participent aux préparatifs. La première bichonne des ornements capillaires en plumes de cygne et s'assure que les perruques soient bouffantes, bouclées, bien droites, pour que Leyli ait le choix pendant la soirée. La deuxième allume des chandelles partout ; la plupart sortent tout juste de leur boîte, elle les fait briller avec un chiffon en dentelle. La troisième nettoie les miroirs et astique des candélabres aux lourds socles albanais.

« Les origines italiennes, ça te plaît ? demande Leyli. J'ai une connaissance à moitié italienne, je crois que tu vas l'adorer.

– Non merci.

– Il ne va pas te mordre.

– Il ?

– Oh, on joue les effarouchés. » Elle se couche par terre pour brosser la zibeline de sa cape dans le même sens – la fourrure pointe vers l'est –, puis approche la pelisse de sa poitrine afin d'en inspecter le col.

Difficile de dire quels invités arrivent en premier. Quand je me retourne après avoir examiné les livres sur l'étagère, du Wilde pour l'essentiel, je découvre plusieurs petits groupes en train d'ôter leurs manteaux. Une femme se présente, un cardigan sur les épaules.

Elle me regarde de haut en bas. « On ne risque rien avec lui ?

– Bien sûr que non, répond Leyli. Tu ne vois pas ? Il a le cœur brisé sur la main. »

La femme enlève vivement son voile. Je me sens déjà trop habillé dans ma tenue de travail : pantalon noir, gants blancs, cravate et chemise de soirée. Je regarde Leyli embrasser ses invités d'une bise sur chaque joue. Elle se met bien en face d'eux et se contente d'un effleurement de pommettes en imitant le son d'un baiser.

« Mon Dieu », dit une autre femme après m'avoir examiné de la tête aux pieds. Elle ironise à mon intention : « Quelle bonne idée d'avoir invité un mime. » Tout le monde rit. J'ôte mes gants et les enfonce dans ma poche de derrière, déguisant ma gêne.

Un homme débarque avec un énorme bouquet de roses, de dahlias et de lotus, entièrement rouge. « À accrocher au-dessus de toi quand tu seras au lit, en train de te remettre. »

Leyli sourit. « Je serai au lit, mais je ne me remettrai jamais. Je serai ravagée. »

Au milieu de ses amis, je ne sais pas si elle devient davantage ou moins elle-même. Je m'attendais à ce qu'elle offre une image stable, mais c'était une erreur. Leyli n'est pas une star. Une cheffe accessoiriste, peut-être, qui surcharge la scène pour masquer les absences.

Elle passe son bras autour de moi. « Mon chou. Ne vaudrait-il pas mieux que tu gardes tes gants ? » D'un coup je comprends. Je ne suis pas ici comme invité. Raison de plus pour tous les tromper. Elle désigne une caisse de vin. « Je compte sur ta discrétion, n'est-ce pas ? Je n'ai pas les moyens d'acheter un silence de plus. »

J'ouvre les bouteilles de Shiraz clandestin. Certaines invitées portent des boucles d'oreilles de prix sous leur voile. La finesse du satin ne fait rien pour cacher leurs bijoux. Il suffit de quelques rasades pour que les hijabs tombent aussi.

Une femme au châle léopard se lève d'un bond. « Je me sens totalement électrique ! N'est-ce pas Tennyson qui mettait en garde contre un serpent susceptible de se changer en dragon ? »

J'interviens. « C'était Rumi. »

Elle lève les yeux au ciel. « Je sais de quoi je parle. Ça fait au moins trois mille ans que je suis Balance. » Elle enlace Leyli par-derrière. « Ma chérie, si tu deviens une femme, comment rivaliser ?

– Facile. Deviens un homme.

– Une bite me rendrait folle. » C'est à celle qui rira le plus fort. Ça s'éternise.

« Tu es trop sobre, dit Leyli quand je me dirige vers la cuisine. Pas de susceptibilité mal placée. J'avais simplement besoin d'un petit coup de main. » Elle attrape un verre à liqueur plein de whiskey à mon intention et le pose près d'une méridienne orange. « Assieds-toi. » Je m'assieds. Le sous-verre représente une carte à jouer. Un roi de cœur, ou roi suicidaire, comme on appelle la carte anglaise.

« Improbable, non ? » L'homme à côté de moi brandit son propre sous-verre. La même carte. « Je me demande ce que ça veut dire, deux rois suicidaires.

– La chute d'une dynastie. »

Leyli me murmure à l'oreille : « Tu as remarqué son accent ? » Je secoue la tête. « À moitié italien. »

Bizarrement, et à mon grand dam, il veut faire ma connaissance.

« On s'est déjà vus ? dit-il.

– Je ne pense pas.

– Sans doute aux jardins Al-Andalous. » Il cherche à montrer qu'il a voyagé, comme si ça allait m'impressionner. « Mon endroit préféré au Caire.

– D'où connaissez-vous Leyli ?

– Vous voyez ce type ? » Il désigne un homme au chapeau melon. « C'est lui qui m'a invité. J'occupe la suite du septième étage.

– Un des studios ?

– Pour quelques mois, c'est tout. C'est assez proche du parc Laleh et du musée. Le temps de mon stage.

– Un stage où ça ?

– Au musée d'Art contemporain de Téhéran. Vous y êtes déjà allé ?

– Peut-être. »

Quand il sourit, la bouche d'Omid s'ouvre tant qu'elle peut. C'est la seule chose qui rapetisse ses grands yeux derrière ses lunettes. Son visage n'a ni angle ni arête. Menton, nez, tout semble avoir été poli au papier de verre. Cette douceur se prolonge sans doute dans la chambre à coucher où le sexe doit être calme, paisible.

« Anjir. » Il répète mon nom. Je me demande quelle tête il fait quand il jouit.

J'entends ta voix. « Humilie-moi. Pour qu'on soit quittes. »

De quoi rétablir la symétrie. Retrouver la stabilité, jusqu'à ce que nous puissions mettre notre plan à exécution.

Je me penche tout près d'Omid. « Je dois mon prénom au figuier du jardin de ma mère. Les *anjirs* sont ses fruits préférés. Quelle blague. Aucune figue n'aura été plus bourrée de petites graines que moi. »

Leyli nous interrompt en m'attrapant le bras. « Mon chaton, peux-tu nous approvisionner en glace ? »

J'appelle la conciergerie. Au bout de quelques minutes, Panj pousse dans la chambre un chariot de service avec cinq seaux à glace qui portent encore la trace collante de l'étiquette. Leyli considère l'ensemble avec mépris.

« Il n'y en a pas assez ? demande Panj.

– Non, mon cœur. Pas de la vraie glace. De la cocaïne. » Ses amis rient.

Panj sourit, ce qui est rare en présence d'inconnus. Son attitude a changé. Je comprends. Sa dent grise a été remplacée par une prothèse toute neuve, d'un blanc brillant. Si elle se démarque à présent, c'est comme dent la plus blanche de la pièce.

« Une simple erreur, dit une invitée aux longs gants avant de donner à Panj une tape sur les fesses.

– J'aurais pu me faire avoir, plaisante une autre. On dirait qu'elle a tout sniffé.

– Laissez-la tranquille. »

Cette interruption centre tous les regards de la secte sur moi.

« J'ignorais qu'il y avait un prude parmi nous, dit une femme. Comme c'est chevaleresque.

– Vous connaissez des jeux de société ou des numéros distrayants ? » demande une autre.

La femme au châle léopard rit. « Évidemment. Il récure sans doute les toilettes à merveille. »

Panj prend ma défense. « Il lit le marc de thé.

– Et vous nous aviez caché ça. Prouvez-le donc ! »

Je déteste recevoir autant d'attention, mais je suis prêt à tout pour les faire taire.

Deux femmes de chambre sortent un samovar du placard. Elles le branchent et apportent de l'eau dans une coupe en cristal vidée de son punch. Il faut trois voyages au robinet pour remplir l'urne. Un homme en smoking libère un siège près de Leyli.

Elle se penche vers moi. « Ces gants sont-ils bien nécessaires ? »

Je les retire et me dirige vers la porte.

« Vous nous quittez déjà ? crie quelqu'un.

– Il me faut un thé spécial. »

Il y a ce que je cherche dans notre chambre d'angle au douzième étage. Bien des drogues se cachent derrière la vénus en velours du coffre. Je commence par mon jeu d'échecs à la mosaïque incrustée d'étain et de nacre. Dans le tiroir, sous chaque pièce, des possibilités d'évasion pour la journée. J'ai mis des années à stocker assez d'acide pour la reine. De kétamine pour le roi. De hasch pour la tour. Le fou préfère les mélanges qui changent n'importe quelle boisson en or ou en bleu.

Je récolte des perles gluantes pour le jardin d'hiver de toutes les langues.

Leyli et ses amis méritent du bas de gamme, quelque mandragore qui les assommera et leur donnera une bonne chiasse. De retour à la fête, je laisse à dessein l'Earl Grey infuser plus que nécessaire pour masquer le goût. Panj distribue les tasses.

« Comment saurons-nous qu'on peut boire ? » demande quelqu'un.

Panj participe au numéro. « Pour tuer le temps, que tout le monde réfléchisse à une première fois à raconter.

– Quel genre de première fois ?

– Peu importe. Le temps de trouver, votre thé sera prêt. »

Je profite du silence pour retourner ma tasse. Je vois tout ce que j'ai perdu, mais refuse de l'admettre. Un sourire pour le plan rapproché, une ride pour la scène coupée. Qu'est-ce que je choisirais ? Je ne saurais pas quoi dire de la première fois qu'on a baisé, parce que, pour nous, le sexe est arrivé progressivement, au fil des années. Un jour tu m'as surpris en train de me branler et tu es resté. J'ai fait pareil avec toi. On restait assis là, sans rien faire, jusqu'à finir par approcher la tête, mais pas pour avaler – juste une façon de tenir compagnie à l'autre par notre chaleur. De mon entrecuisse à ton visage, de ta bite à mes joues. Et puis tu as posé ta queue sur mes lèvres, pour quelques caresses seulement. Et tu as joui sur mon oreille. Il serait faux d'isoler une fois, une rencontre, une date. Nous avons tâtonné vers le sexe pendant des mois.

« Que voulez-vous savoir ? demande Panj à Leyli quand elle a fini son thé. Passé, présent ou futur ? » Panj a décidé de jouer mon assistante.

« Peu importe. Du moment qu'il fait ses preuves. »

Un noble défi.

« Fais voir », dit un homme avec une cigarette derrière l'oreille. La tasse de Leyli passe de main en main, toujours retournée sur sa soucoupe pour que les saignements du marc puissent dessiner des formes.

« Doucement ! » s'écrie Panj lorsque quelqu'un manque de la faire tomber.

En vérité, cela ne change rien. Même obscurci, même si les symboles tournent ou se brouillent, ce qui reste donnera toujours des pistes.

« Allez. Que vois-tu ? » Leyli est en suspens au bord de sa chaise.

Elle le veut si fort, ce boniment sur l'alignement de ses choix et de sa destinée. Je peux lui faire cadeau d'une tromperie intime. Pas besoin de beaucoup retourner le verre pour livrer ma première impression en guise de lecture.

« Une tresse. »

Je jure que quelqu'un pousse un « Oh ! ».

« Une tresse ?!

– N'importe quoi ! »

Je poursuis : « Une bonne grosse tresse.

– Tu es sûr que ce n'est pas une gorgone ? plaisante une amie plus vache.

– J'espère que non, dit Leyli. Même si on m'a traitée de pire que ça. »

Ses invités rient. « Une tresse ? Leyli ? Jamais !

– Pas avec son sens du glamour. »

Mais son regard croise le mien, une flèche qui fend les craillements avinés. Une perruque avec une simple tresse. Elle ne l'a dit à personne. Il lui arrive de préférer le répit de la banalité. Nous nous retrouvons quelque part dans le désir qu'on nous fiche la paix. Elle en tant que femme, moi en tant qu'amant, sans viser la perfection. Jamais nos vies ne la trouveront. Seulement réduire la souffrance quand c'est possible.

Après un temps, l'homme à la cigarette derrière l'oreille intervient.

« Oui. Je la vois aussi. » Il m'arrache la tasse. « Une tresse.

– Où ça ? demande la femme à côté de lui.

– Cachée, là.

– Une tresse ! »

Une vague émoustillée parcourt l'assistance. Le chœur de rire démarre près de la porte et se répand dans la pièce, avant de se transformer en un bâillement qui ricoche dans l'autre sens. Bel et bien saoules à présent, les invitées de Leyli ouvrent un placard de l'entrée et fouillent dans son stock de perruques de luxe en cheveux humains – pas comme les postiches synthétiques que portait ma grand-mère après sa chimio : elle ne sortait jamais sans, malgré le voile qui cachait tout. Trois d'entre elles se mettent à essayer différentes coiffures. Elles sont trop alcoolisées pour remarquer que j'examine leurs bijoux.

« Celle-ci, c'est une salope, dit la première du carré de Louise Brooks.

– Une garçonne », corrige Leyli.

La deuxième bataille avec des méandres cauchemardesques.

« Il y en a qui sont vraiment peu pratiques. » Elle désigne les boucles entortillées autour de fil de fer censées donner l'impression de tentacules. « Ne me dis pas que c'est encore Dietrich.

– Pas loin, répond Leyli, les yeux mi-clos. Une autre créature de Josef von Sternberg. Mais ma femme fatale préférée, j'avoue, c'est Greta Garbo en Mata Hari, même s'il est impossible de croire qu'elle puisse être amoureuse de Ramon Novarro. Cette tapette ne séduirait pas même un fagot en flammes. » Elle se force à rire, trop défoncée pour être discrète. « Ce serait une bonne question pour l'entretien. "Quelle est votre star de cinéma préférée et pourquoi ?"

– Quel entretien ? demande une amie.

– Celui censé convaincre les autorités d'approuver l'opération. »

Je serpente entre les invités et me sers sur les cous, les gorges et les poignets. J'arrache une boucle d'oreille sertie de spinelles à une femme sur le canapé et une bague de pouce avec un diamant jaune à quelqu'un dans la kitchenette. Le truc consiste à prendre suffisamment peu pour que les victimes ne le remarquent que tard le lendemain, ou que la peur de paraître vulgaire les empêche de dire quoi que ce soit. Je ne peux pas passer outre l'argent de Leyli. Ses hôtes et elles ont les moyens d'une réalité à leur convenance. À moi le travail. À moi le quémandage. Mon père dirait que la fortune de ces gens frivoles et friqués tient à ce que leur famille a volé pendant la révolution.

Tandis que valsent les perruques, des boucles à la Grace Kelly aux franges à la Veronika Lake, je poursuis ma mission. Il est important d'enlever d'autres bijoux, pas pour les faucher, mais pour les éparpiller dans la pièce : il s'agit de donner l'impression que, dans leur ivresse, les fêtards ont jeté du balcon leurs peignes sculptés de roses et leurs boutons de manchettes en quartzite rouge, ou encore joué au poker leurs montres en améthyste. Je tends à Panj un bracelet de grenats mandarine.

Dans la chambre de Leyli, une tête de mannequin avec de vrais coquelicots dans la bouche trône sur la coiffeuse. Non content de luire, son trésor le plus précieux lévite de quelques centimètres pour qu'on le voie bien : un collier de perles et de diamants marquise. Ridicule sur moi. À aucun moment le miroir ne m'offre la sensation d'être enfin au bon endroit. Tout ce que je vois, c'est moi avec des perles, moche et ordinaire.

Des éclaboussures de dentifrice maculent le coin droit du verre. Je cale le reflet de mes lèvres sur les postillons. Comme il se doit, je suis pris d'une rage vengeresse. Une rage ésotérique, sans destinataire clair, ni les hommes qui t'ont agressé, ni les cyprès qui n'ont rien fait pour empêcher l'agression. C'est différent de la violence complaisante de nos disputes à table, avec leurs verres cassés, leurs cerises recrachées. La peur que tu meures, l'angoisse d'être massacré. C'est pour ça que je suis là. Une barbarie de trop m'a mené devant ce miroir où flottent encore les soupirs de Leyli se poudrant le visage, indispensable pour qu'il soit lisse.

Sous le lit, je trouve bien plus précieux. Des boîtes à chaussures pleines de comprimés d'œstrogène, comme si elle en avait engrangé pour des années. L'ordonnance est en farsi, à l'en-tête d'une pharmacie que je reconnais. Elle n'aura pas de mal à s'en procurer davantage.

Les choses seraient-elles plus simples si je sautais le pas de la transformation ? Je connais la réponse. Il ne s'agit pas de se faciliter la vie. Il s'agit de ne pas la perdre, pour avoir plus de temps avec toi, pour que nous puissions ôter le cil tombé sur la joue de l'autre sans craindre d'être exécutés.

Devenir et dé-devenir n'est pas si dramatique. Je prends deux comprimés et, avec eux, j'accepte la mission. Je cache notre amour comme les pèlerins d'antan avalaient leurs trésors pour les soustraire aux voleurs sur le chemin de La Mecque. Les brigands avaient fini par éventrer les voyageurs pour récupérer l'or dans leurs entrailles. Notre vie de secret ne nous protège plus.

J'attrape le collier et le glisse dans ma poche de pantalon. Ça fait une deuxième bosse. Mes manches accueillent facilement plusieurs flacons de médicaments. J'emporte les comprimés d'œstrogène. Une quantité suffisante, mais pas excessive.

Je me retourne en l'entendant rire. Omid, l'Italien à demi.

« Je tiendrai ma langue si tu me tiens compagnie. »

Il pose une bouteille de whiskey sur la table de nuit. Un défi. J'en descends la moitié.

12

La lune est d'un drôle de rose. Enfant, je croyais qu'il n'y avait pas une, mais *des* lunes. La pleine, la gibbeuse. Croissante et décroissante. J'avais donné un nom à chaque forme.

Omid sourit. « Leyli est une sacrée entremetteuse. »

Écœurantes, ces dents parfaitement alignées et leur blancheur de nappe. Cet homme-là, à sa façon de me regarder, je sais. C'est peut-être l'acuité de ma peine qui avive d'autres talents : l'agitation, la tendance à tomber dans les trous. Omid veut me tenir la main. Recoiffer mes cheveux. Un baiser, peut-être. Mais la chute sera toujours brutale. Une balle qui emporte la mâchoire ou la nécrose du vieillissement. L'embrasser serait trop facile. Comme dans une nature morte du Caravage, j'ai besoin d'un voile d'obscurité, de l'odeur de merde des latrines ou de la proximité d'une tour en pierre construite par deux garçons.

Omid et moi marchons vers Haft-Hoz. Il y a des gens qui mangent du *faludeh*, des gamins qui se chamaillent pour savoir lequel peut avaler le plus de citrons verts, des adolescents qui tapent dans un ballon avec un policier. Un coup, un coup, encore un coup.

« J'imagine que c'est compliqué d'avoir des relations amoureuses, ici. »

Il a raison. Jamais encore je n'avais eu à l'admettre devant un inconnu. Mais je ne veux pas non plus de sa pitié.

« Tu as quelqu'un, en Italie ?

– Plus ou moins. » Il se détend à la pensée que je ne croiserai jamais personne de sa vie à Tarente, puis s'envoie une goulée de whiskey dégoûtante avant de me passer sa flasque.

« Tu couches aussi avec des femmes ? je demande.

– Une fois. Je n'ai pas aimé. » Il essaie de rattraper sa franchise. « Ce ne sera sans doute pas la dernière. » Il voit bien que je ne suis pas concentré. « Tu penses à quelqu'un ?

– Ouaip.

– Tu l'aimes ?

– On avait des projets.

– Des projets d'avenir.

– De passé. »

Je me tais quand nous arrivons à destination. Omid reste dehors et fixe la devanture d'un magasin où sont exposées de vieilles montres de gousset. Je m'arrête devant le tableau noir à l'entrée d'une boutique ; le propriétaire y note généralement des phrases inspirantes. La citation du jour a déjà été effacée, mais, en bas, il y a le nom de Hafez. Le joailler termine sa prière du soir. Autour de lui, les plateaux pelucheux sont vides, à l'exception des quelques fleurs de carthame dont la couleur sert d'étalon.

« Encore là ? je demande.

– Il y a toujours quelque chose à briquer. » Il épluche une nectarine pendant que j'étale mes trouvailles. Des émeraudes à croquer. Des pierres d'un carmin pur. Une coupelle de rubis. Il retient son souffle. « C'est comme si tu m'avais versé le ciel sur les genoux. » Il désigne le collier de diamants marquise. « Ça aussi ? » Je pourrais dire oui. Il serait simple de me débarrasser du butin de Leyli.

« Nan. Celui-ci, je me le garde. »

Il examine les bijoux, puis les repousse.

« Je les ai gagnés », dis-je pour dissiper ses soupçons.

Il me connaît trop bien. « N'empêche, je ne peux pas. J'aurais mauvaise conscience.

– Prends le temps de réfléchir.

– La vérité, c'est qu'on ne peut pas faire grand-chose avec ces trésors. Ils sont encore brûlants. Imaginons qu'il y ait une plainte. On remonterait facilement jusqu'ici et, à la moindre menace, je donnerais ton nom sans hésiter. » Il pousse le plateau vers moi. « Personne ne les vendra sereinement. Pas avant un mois, ou trois.

– Ce n'est pas pour l'argent, je mens. Juste le frisson.

– Il y a sûrement des frissons moins dangereux, mon garçon. » Il voit ma déception. « Tu as essayé le bazar ? Près du coin des tapis. Ils achètent et vendent toutes sortes de choses.

– D'accord, d'accord. »

« La lune a changé », dit Omid quand je le retrouve dehors.

Je lève les yeux. Le rose a disparu. Il me donne un petit coup de coude et reprend avant que j'aie pu répondre : « Peut-être qu'on devrait aller chez toi. » Il est bourré. Moi aussi.

Notre taxi file sur l'autoroute bordée de graffiti fluorescents – des martyrs dont j'ignore le nom. Omid repousse une mèche de mes cheveux. « J'aimerais te dessiner. »

J'espère que tu es réveillé pour que tu me voies entrer avec lui. J'espère que tu es réveillé pour t'humilier. Dans mon brouillard alcoolisé, tout ça est furieusement logique : ça va nous rincer le palais. Après quoi nous pourrons nous organiser pour nos derniers projets.

Omid regarde sa main et pense à ce qu'il peut faire avec chaque doigt. Les enrouler autour de telle ou telle partie de mon corps. Cou, bite, chevilles.

« Je crois qu'on est suivis. » Il est trop ivre pour que je le prenne au sérieux.

« C'est ça.
– Si. Regarde. »
Une voiture derrière nous. M'est-elle familière ?
Je lui murmure à l'oreille : « On devrait tous avoir quelqu'un à nos trousses. C'est signe qu'on est dans le vrai. »
Il cesse de remuer et pose sa main sur mes genoux. Là-haut, nos rideaux. Bougent-ils ? Ou bien es-tu déjà au lit ? Tu vas te branler jusqu'à être sourd et saoul. Moi, j'irai à Tarente avec Omid. Ce sera lui et moi désormais. Peut-être que tu avais raison, que notre histoire pèse trop lourd. Nous avons été le premier de l'autre pour tout. Comme c'est cruel de trouver l'amour du premier coup.
« Embrasse-moi, dit Omid dans l'ascenseur.
– Un instant. »
Je suis déçu que tu ne sois pas sur le canapé quand il entre dans l'appartement. Il prend mon livre d'enfant sur les mythes grecs posé près de la télé et tapote nerveusement la couverture, comme un tombak.
« Tu joues d'autres instruments à percussion ? » je demande tout en essayant de dessaouler un peu.
Il est surpris que j'aie remarqué.
« Non. Pas encore. »
Omid n'a que les mots. Il ne voit pas comment lancer la chose. L'ivresse aide, mais toujours pas le moindre savoir-faire. À sa façon de bouger, je vois bien qu'il a besoin de pisser avant de pouvoir bander.

« Pardon, pardon », cries-tu depuis la chambre. On se retourne tous les deux.

« Qui c'est ? » Omid ne s'attendait pas à du public. Il panique, comme le ferait tout homme cherchant à s'échapper.

« Un spectateur.

– Pardon, pardon. » Encore toi.

Omid secoue la tête. « Je… je ne peux pas. »

Il se croit subtil, mais je le sens prêt à dégonder les portes pour partir. Il se trompe lui-même en tirant sur la poignée alors qu'il sait qu'il faut pousser. Gêné, il se rue dans l'escalier. Le piège se relâche.

Une fois seul, je vais dans la chambre. Je sens des yeux sur moi, des yeux aux fenêtres, des yeux qui fusent du cœur des pensées des jardinières. Tu n'es pas là. La porte du balcon est ouverte. En dessous je m'attends à trouver une éclaboussure autour de ta silhouette. Mais non. Le vendeur de noix est assis à côté d'une fontaine jonchée de pièces que personne ne ramasse jamais.

« Pardon, pardon. » Il hurle une nouvelle phrase. Près de lui, un chat noir me regarde. Dans ses yeux, le reflet d'une lumière dont je ne vois pas la source. Sa queue se hérisse, sa queue demi-pelée. Subtil pied de nez. Je me détourne. Sur notre lit, tu as laissé un mot.

13

Un mot qui n'en contient que quatre. Un mot injuste.

Le miracle. Livre 3.

Une énigme cruelle, surtout après tout le whiskey que j'ai bu. Tu es parti. C'est clair. Malgré ta fragilité, tu as trouvé le moyen de t'enfuir. Tes vêtements ont disparu ; les cintres nus pendent entre mes pantalons et mes chemises où manquent des boutons.

La poubelle de la cuisine est vide. Tu as même mis un nouveau sac. J'ouvre le placard du salon. L'énorme carton de notre monstrueux samovar a disparu aussi. Tu as dû t'en servir pour transporter tes quelques possessions.

Il reste une cassette éjectée dans le magnétoscope. *Le facteur sonne toujours deux fois.* Je l'enfonce à nouveau et appuie sur marche. Plus de film. Remplacé par du rien.

Livre 3. Je ne comprends pas ce que tu veux dire. Sur l'étagère, je compte trois livres à partir de chaque bout, mais l'excès de mouvements me donne la nausée.

Je fouille frénétiquement ce qui me tombe sous la main, en quête d'une référence. Aucune dans le livre 3 de *Masnavi* de Rumi. Le troisième chant du paradis, de l'enfer et du purgatoire ne disent rien. *Pantagruel* non plus. Si tu avais directement arraché la page du livre, ça aurait été plus simple. Mais peut-être ne voulais-tu pas laisser de preuve. Je vais regarder derrière les appliques de l'entrée si tu y as caché un autre mot. Pas de mot.

Pensais-tu à al-Damiri, pour qui rêver de reptiles annonçait la fortune ? Une référence aux frères Grimm ? M'imagines-tu croquer un serpent blanc pour pouvoir parler aux animaux ? C'est peut-être une blague sur le sexe oral, ou sur le fait que tu vas me quitter.

Je devrais savoir. Il est rare que tes références me posent une colle. Je m'enorgueillis de ma culture littéraire. Quand je t'ai donné de la soupe au boulgour lors de ta dernière crise de migraines, tu as dit : « Qui es-tu, le serpent de Nizami ? » C'était facile. Dans cette épique histoire d'amour persane, Majnoun garde la tombe de sa bien-aimée comme un serpent.

Des papillons de nuit volettent autour de moi quand j'ouvre la fenêtre. Ils foncent dans les coins de la pièce plutôt que sur les ampoules. Ils se cognent contre les livres que j'ouvre et ferme en cherchant une référence aux miracles, aux serpents, aux roses et aux perles. Ton mot est si vague que je pourrais chercher toujours.

D'autres papillons finissent écrasés dans des illustrations de Goya, les notes d'un mémoire de Marguerite

Duras et *La chouette aveugle*. Des moucherons meurent entre les pages d'un dictionnaire farsi-anglais, pas très loin de l'endroit où l'ouvrage change de langue et s'inverse. Nous pouvons toujours fuir à Ispahan, là où nous avons baisé la première fois, dans l'hôtel où nous allons chaque année. Il est dangereux d'essayer de construire sa vie dans un souvenir, je sais.

Elle est cruelle, cette énigme que tu m'as peut-être cru capable de résoudre du premier coup. Dans la chambre, je sors les tiroirs de la commode pour cacher les bijoux de Leyli avant de perdre connaissance (c'est imminent, je le sens). Ses diamants et ses pierres doivent rester hors de vue jusqu'à ce que je puisse les revendre.

Ce faisant, mon entrejambe frotte la commode et je me dis que tu ne me verras peut-être plus jamais bander. Ça suffit à me donner une érection. J'ai envie de fourrer mon nez dans tes caleçons, mais tu les as tous pris. Il en reste un à moi que tu avais emprunté une nuit où tu étais resté alors que ce n'était pas prévu. Te voir dedans m'avait excité. Ta raideur du matin à travers ma fente.

Je voudrais jouir, mais je sens un gargouillis remonter dans ma gorge, plus qu'un simple renvoi, un morceau de la journée. Ça sort liquide, trois fois rien, tout en bulles. J'ai été tellement occupé à te nourrir de quartiers d'orange et de stratégies d'évasion que je n'ai presque rien mangé.

Quel gâchis. J'ai dû vomir une partie des comprimés de Leyli. Une dose de moins. Je rampe jusqu'à la chambre. Une faction d'oiseaux se pose sur le balcon. Les tiroirs de la commode gisent par terre près de moi. J'enfonce ma tête dans la cavité du meuble pour me réfugier dans le noir. Un peu comme un corps abandonné à la tiédeur d'un bain, je me laisse couler.

14

Quand je me réveille, j'entends la toute fin d'un message sur le répondeur du fixe.

On est le jour d'après, même si, depuis ma place par terre dans la chambre, hier et aujourd'hui se fondent.

Heureusement j'ai eu la bonne idée de retirer ma tête de la commode évidée. Des caleçons en boule sous ma nuque ont fait office d'oreiller, mais les lattes du plancher m'ont embossé le dos. Je me suis sans doute déshabillé frénétiquement en imaginant que tu me suçais, avant de lâcher prise.

J'écoute le répondeur.

« Tu m'as réveillée en plein rêve, dit Leyli dans son message. Ton visage m'est apparu pile au moment où je disais à Alain Delon où il pouvait la mettre. » Elle me soupçonne de les avoir volés, elle et ses amis. Je le sais. On dirait qu'elle est en train de mâcher des cerises nappées de chocolat. « Je voulais m'assurer qu'Omid s'était bien comporté. Mais peut-être est-il encore là ?

J'espère que je ne t'ai pas effrayé avec ma fête vulgaire. Mes amis sont des connards. Je ne me confie à presque aucun d'entre eux. »

Il s'avère que la culpabilité est de son côté. Elle essaie de créer du lien. Je suis sa version de l'encanaillement.

Sous le canapé, j'aperçois une infime brillance plastique. Le sac de l'hôpital a dû prendre un coup de pied à un moment ou à un autre : le voici logé contre le mur. Je m'étonne que tu ne l'aies pas emporté, comme tous les autres souvenirs. Jusqu'au préservatif usagé. L'unique, même si vous avez très bien pu baiser des tas de fois sans latex entre vous.

Après une longue pause, Leyli conclut. « Tu as de la chance. Tu as trouvé quelqu'un. Je pensais que tu serais mon protégé, mais peut-être que c'est l'inverse. » Elle raccroche.

Je finis par sortir ta chemise du sac de l'hôpital. Impossible de la déplier. Le sang du soir de l'agression l'a rendue trop rigide, et violette. Les papillons de nuit se gardent bien d'approcher. Je la dépose sur les coussins du canapé. Aucun indice sur le col. Rien d'écrit ; un cercle bleu, c'est tout. Ton sang a teint tout le reste avec une remarquable uniformité.

Trois petits coups se glissent dans cette pensée. Il y a quelqu'un à la porte. Je cours ouvrir, certain de te trouver – que tu sois venu m'aider à résoudre l'énigme ou bien tout annuler. Une fois le battant grand ouvert, confronté à la dureté d'un regard de la même couleur que le mien, je sais que je ne suis pas plus près de comprendre le mot que tu m'as laissé. Pas le temps de me composer une réaction.

« Ah. »

C'est tout ce qui me vient. Mieux vaut ne rien ajouter, même si je ne l'ai pas vu depuis qu'il a tenté de me supprimer.

« Ah », répète aussitôt mon frère.

Il est surpris de me voir, mais se donne une contenance en chassant un papillon. Je n'aurais pas dû laisser la porte du balcon ouverte toute la nuit ; les murs sont couverts de petits points irréguliers concentrés autour d'une reproduction de Matisse. Mon frère et moi évitons de croiser le regard de l'autre. Est-ce toi qu'il s'attendait à trouver ?

De toute évidence il n'a pas dormi depuis des semaines, ou seulement le temps d'un soupir. Je ne peux pas mentir et dire qu'il a l'air en forme avec un teint aussi gris et des dents mangées de l'intérieur. Adolescents, nous avons sans doute un peu fumé ensemble, les joints que je trouvais quand j'ai commencé à l'hôtel. Je ne lui rapportais pas de drogues plus dures, même si je me demande encore quel rôle j'ai joué dans son addiction.

Il se couvre le visage en prévision d'un éternuement qui ne vient jamais. Une carte de crédit tombe de sa poche. Vu la vitesse avec laquelle il se jette dessus, ce ne doit pas être la sienne. Elle atterrit près du canapé. J'essaie de l'attraper avant lui, mais il est trop rapide.

Tu as rigoureusement effacé toute trace de ta présence ici. Mon frère marque un temps. Est-ce qu'il renifle ton préservatif usagé, même s'il n'est plus là ? Il a du mal à se lever, raide et endolori à cette heure matinale. Je l'aide. Quand nos mains se touchent, nous sursautons tous les deux. Ses doigts sont aussi sales que la carte bleue dans sa poche.

Avant que je puisse lui demander ce qu'il veut, le voilà dans la cuisine où le verre en forme de tulipe sèche à l'envers. Il cherche une présence, rien de plus. Il n'entre même pas franchement dans la pièce, regarde seulement s'il y a quelqu'un.

Il évite la chambre. Tant mieux, il trouverait le désordre des tiroirs abritant mon butin. Il ne veut sans doute rien voir qui l'obligerait à réagir, pas si tôt le matin.

Il observe les papillons de nuit sur le mur du salon ; il y en a au moins dix-sept.

« Tu es déjà venu ici ? je demande.

– Une fois, quand j'ai conduit tonton depuis l'aéroport. J'ai dû l'appeler pour qu'il me redonne l'adresse.

– Et ? »

Ma façon de lui demander ce qui l'amène. Il se gratte l'oreille sous l'effet d'une brusque démangeaison. La vivacité du mouvement m'effraie. Je recule d'un bond comme si je craignais un coup et regrette aussitôt cette manifestation de méfiance. Je déteste les réactions incontrôlées, mais peut-être qu'il vaut mieux me dérober, protéger mon visage.

« Je pensais qu'elle serait là, dit-il.

– Qui ?

– Maman. Elle a encore disparu. » Il y a tant de frustration dans sa voix qu'aussitôt je me sens coupable.

« Comment ça, encore ? » Il voit ma confusion. Je ne suis au courant de rien.

« J'avais oublié. Tu étais absent la dernière fois. »

Dans sa bouche, c'est une insulte. Et c'est ainsi que je le prends.

« Elle n'est pas ici. »

Quelque chose bouillonne en lui. Son corps enfle d'une énergie qu'il n'avait pas à son arrivée.

« On ne sait jamais, dit-il. Dans son état, elle a peut-être oublié que tu étais absent. Cru que tu étais un bon fils.

– Tout le monde ne peut pas être comme toi. »

Il s'empêche de répondre, abandonne la syllabe qui se forme dans sa bouche. Il fait de son mieux pour maîtriser sa rage. Ses doigts ont beau être sales, les jointures tiennent le coup.

C'est bizarre de me trouver si près de mon agresseur d'il y a seulement quelques mois. Je pourrais facilement expliquer sa violence par la descente de la drogue, mais je n'ignore pas ces braises en lui qui peuvent se rallumer.

« Tu sais ce qu'on raconte sur toi ? m'a-t-il lancé le soir où il m'a attaqué. Tu sais ce que j'ai entendu ? »

Il était dans l'incandescence de l'après-méthadone, pris de secousses involontaires à chaque mouvement. Mais il s'est acharné et je l'ai laissé faire. J'aime à penser qu'on est bâtis pareil – quand il devait porter des caisses de mannequins jusqu'au magasin de mon père, j'en prenais autant que lui, même si parmi les silhouettes convoyées, ce n'étaient pas les mêmes qui suscitaient notre désir. Il m'a pourtant jeté au sol et roué de coups de pied avant de courir chercher un couteau. Ma mère a tout vu. Sans rien dire. Si mon père avait été là, il aurait sans doute saisi une lame, lui aussi, pour m'égorger. Mon frère comptait-il me poignarder ? À un moment, je me suis redressé et j'ai gagné la porte. Il s'est mis à vomir au-dessus de la commode, vidant ses entrailles sur le portrait de mariage que ma mère pose ici ou là, non par sentimentalisme, mais pour que la plaie reste ouverte.

Je lui demanderais bien ce qu'il a fait ensuite. Moi, j'ai fui vers toi. Tu m'as aidé à nettoyer le sang au coin de mes yeux et tu as caressé mes cils avec le soin d'un peintre envers ses meilleurs pinceaux. Mais lui, est-il rentré pleurer ou aussitôt ressorti acheter autre chose ?

Il ouvre grand la bouche, fait craquer sa mâchoire. « J'ai toujours espéré que ce serait toi qui t'occuperais de maman s'il arrivait quoi que ce soit. Que tu finirais par prendre tes responsabilités dans cette famille. » Son postulat était qu'un garçon féminin ne s'aventurerait pas trop loin de sa mère. D'une certaine manière, il avait raison. « Une idée de là où elle pourrait être ? » Sa façon de demander si je veux bien l'aider.

« Plusieurs. »

Il hoche la tête, sa gratitude à peine perceptible.

« Tiens. » Il me jette un paquet de chewing-gums intact. Goût raisin. Qu'il déteste. Il devait se douter qu'il me trouverait, puisque c'était mon parfum préféré quand j'étais petit. Ou peut-être qu'en achetant ses cigarettes à cette heure matinale, il l'a simplement ajouté pour faire un compte rond.

15

Étudiante en littérature classique, ma mère avait interrompu sa thèse avant de se marier. Je pensais que c'était ma faute si elle avait abandonné ses études, que j'étais la fracture qui avait divisé sa vie en un avant et un après. En grandissant j'ai compris qu'en fait c'était la révolution. Un événement qui lui inspirait, comme à beaucoup, des sentiments complexes.

Quand j'étais plus jeune, elle se baladait toujours avec une pile de fiches attachées par un ruban. Si je me tenais bien pendant qu'elle fouillait les rayons de la bibliothèque, elle me récompensait avec du nougat à la pistache. Elle cherchait des descriptions de Méduse et des détails sur ses sœurs immortelles, Sthéno et Euryale, son viol par Poséidon, sa décapitation par Persée. J'étais toujours fasciné par Méduse.

« Bien sûr, disait ma mère. C'est ce que veut la Gorgone. »

Ma mère tenait absolument à ce que je connaisse cette mythologie, l'idée reçue d'une créature laide alors qu'elle était peut-être sublime. Quand elle avait enfin trouvé une traduction des textes d'Hélène Cixous, elle m'avait parlé du rire de la Méduse et de la terreur que celle-ci provoquait chez les hommes. Mais ses recherches la ramenaient toujours au *Livre des rois* de Ferdowsi, écrit au tournant du premier millénaire. Le poète y décrit un roi démon.

« Zahak avait des serpents sur les épaules, racontait ma mère. Ils ne se calmaient qu'après avoir mangé de la chair humaine. Je suis sûre que tu as un peu de lui en toi. »

J'ai pensé à Zahak dans la bibliothèque centrale de Téhéran quand, à l'âge de huit ans, j'ai sursauté en voyant une grosse bite dure dépasser du rayon devant moi. J'étais trop étonné pour regarder le visage de l'homme. Sa queue était aussi épaisse que trois *chapbooks*. L'espace d'un instant, j'aurais voulu savoir jouer de la flûte.

« Mémorise-la », a dit l'homme.

J'ai obéi. Une semaine durant, j'ai saisi toutes les occasions solitaires de dessiner cette bite pour en garder le souvenir, au cas où on mettrait ma mémoire à l'épreuve. Je la dessinais avec du miel sur du pain *lavash* au petit-déjeuner. Je la dessinais avec mes cheveux dans le lavabo. Je la dessinais avec un stylo sur ma hanche, à l'abri des regards. Je me suis demandé si, lors de futures expériences sexuelles, je tomberais sur ce sexe, dont la base serait alors plus claire. Chaque fois que je suis allé à la rencontre de nouveaux hommes, même sans visage dans des toilettes publiques, je me suis dit que j'allais peut-être revoir cette queue dont on avait exigé que je me souvienne.

Je cherche ma mère à travers les huit étages de la bibliothèque centrale de Téhéran. Elle n'est pas au rayon poésie, ni en train de déambuler dans la salle Ebn Sina. Elle n'est pas du côté des livres anciens, même si la mythologie scandinave traduite était sur sa liste. Elle n'est pas non plus en pleine consultation d'articles de *Shokufeh*, le magazine féministe d'il y a un siècle.

Au sous-sol, une jeune femme découpe de vieux polycopiés pour en faire du papier brouillon. Des enfants courent dans la salle de conférences en se tapant avec les chefs-d'œuvre de Saadi. Je passe devant une étagère de livres réservés, qui attendent dans des enveloppes. J'entends la voix de ma mère. Basse, mais reconnaissable entre mille.

« N'est-ce pas Hésiode qui a parlé du serpent de Déméter ? »

Une conversation privée avec elle-même, dans le paradis fait de colonnes de livres qu'elle a érigées. Elle tourne les pages de volumes aux couvertures de velours. Les tas d'ouvrages qui l'entourent sont tous consacrés aux serpents, depuis des manuels de cuisine jusqu'à l'*Atharva-Véda*. Le ventilateur à piles qu'elle a apporté pivote d'un côté puis de l'autre. Des livres ouverts maintiennent d'autres livres ouverts. Elle retient de ses mains les pages du dessus, ou les laisse tourner.

Elle penche la tête dans ma direction, sans me regarder.

« J'en aurai bientôt fini avec cette allée. » Elle désigne un paragraphe. « J'espère voir un jour l'Agora de l'Aréopage et la plaque en honneur de la reine des serpents. »

Dans son éclipse, ma mère ne se rappelle pas qui je suis, mais elle a retenu dans les moindres détails les recherches d'avant son mariage. Je me frotte le menton, un tic nerveux.

« On doit y aller, maintenant », lui dis-je.

Elle n'a aucune intention de se lever. Dans son esprit, je suis un inconnu qui interrompt son travail. D'autres soupirent certainement quand elle accapare les rayons de la bibliothèque en étalant ses trouvailles sur la moquette.

Je peux gagner sa confiance en détournant son attention. Des figues séchées suffisent, en général, car elles sont difficiles à manger. J'en ai toujours sur moi. Quand les fruits collent à la serviette en papier, elle a mieux à faire que se demander qui je suis.

« Vous en voulez ? je demande. C'étaient les préférées de ma mère. »

C'est comme si j'espérais que ma question la sortirait de sa transe. Après l'accident, je me suis enfui, j'ai refusé ma part des conséquences. Autant laisser à d'autres le diagnostic officiel, une énigme qu'il est revenu à mon frère de résoudre.

« Tout va bien par ici ? » La bibliothécaire a un léger cheveu sur la langue. Je m'attends à ce qu'elle durcisse le ton et demande à ma mère de partir. « Nilofar, ma chère, tout va bien ? » Elle prononce son nom avec tant de familiarité que je comprends enfin : c'est moi l'inconnu qui les gêne.

Je réfléchis à toute allure. « Je cherchais un livre sur Shahmeran, le roi des serpents. »

Ma mère se redresse.

« Non, mon ami. » Elle se lève avec difficulté après des heures passées en tailleur. « Shahmeran était *la reine* des serpents. Un jeune homme tombe dans une caverne en cherchant du miel sauvage et atterrit dans le royaume des serpents, où il démarre une liaison avec la souveraine. »

Je me souviens du conte dans *Les mille et une nuits*. Le voyageur et la Reine-Serpent vivent ensemble pendant des années, jusqu'à ce que la famille de l'homme lui manque trop. Ils se séparent à regret, à la condition expresse qu'il ne dise rien de ce royaume, sans quoi elle mourra.

La bibliothécaire retourne à son poste. Ma mère reprend son récit :

« De retour chez lui, le voyageur apprend que le roi du pays est atteint d'un mal dont il ne guérira que s'il mange la chair de la reine des serpents. Sans savoir qu'il est suivi, le jeune homme retourne à la caverne pour prévenir son amante que l'armée royale la cherche. Ils passent une nouvelle nuit ensemble. Lorsqu'il s'apprête à repartir, elle lui révèle un secret : "Mange ma tête et toujours tu vivras. Mais si tu manges mon cœur, alors tu périras." À l'insu du voyageur, un officier royal a surpris la conversation. L'armée assiège et tue la reine. L'officier cupide donne son cœur à manger au roi, gardant la tête pour lui-même dans l'espoir d'obtenir la vie éternelle. Mais la reine, rusée, avait menti. C'était celui qui mangerait son cœur qui vivrait à jamais. »

Ma mère considère un moment l'histoire avec une grande concentration, puis sort brusquement de ses pensées.

« *Khosh amadi.* » De manière formelle, elle se déclare heureuse que je sois venu. « Qu'est-ce que vous avez là ? » Elle montre les figues, que je lui tends. « Merci. Je les préfère fraîches. » Depuis toujours ? Je n'ai jamais envisagé que ses goûts aient pu changer, même après sa commotion cérébrale. « Enfant, dans les champs de roses de Qamsar, j'enveloppais des figues fraîches dans un linge bien trop grand qui me donnait l'impression trompeuse d'en avoir pris plus.

– C'est étonnant qu'on vous ait appelée *Nilofar*. Pourquoi nénuphar et pas rose ? »

Comme prévu, elle pèle le papier collé aux figues.

« J'ai grandi dans une ville toquée de roses : on les faisait bouillir avant de les mettre en bouteille et de les empaqueter. Ça aurait porté malchance de donner à un enfant le nom du principal produit d'exportation. »

Ma mère, qui avait le teint le plus clair de la famille, m'a toujours fait penser à un Botticelli. Et voilà que toute cette soie s'est desséchée. C'est sur ses joues que ça se voit le plus. Un gris de cendre a remplacé le rose. La peau de son crâne crisse comme un parchemin sous son foulard. Mon frère veille peut-être à ce qu'elle se lave, mais il n'insiste pas pour qu'elle prenne mieux soin d'elle.

« Pourriez-vous m'emmener au cimetière ? demande-t-elle. Je préfère y aller tôt, avant que le soleil ne brûle les pierres. J'aime parler aux tombes à genoux. Nous avons tant à apprendre des morts. »

Quand nous partons, la bibliothécaire lui adresse un signe de tête. « Nilofar, j'ai trouvé le livre sur la jarre en terre cuite de Polygnote.

– Oh ! »

Puis la femme qui zézaie se tourne vers moi. « Vous êtes son élève ?

– Je suis son fils. » Elle est choquée. Elle ne savait visiblement pas que Nilofar avait des enfants.

J'aide ma mère à monter dans la voiture. Elle m'observe attentivement. Une dose d'hormone a sans doute suffi à rendre mes cheveux plus doux. Impossible, mais peut-être ma mère perçoit-elle une rupture temporelle. Devine-t-elle qu'il me faudra bientôt épiler moins de poils d'oreille, arracher moins d'arêtes à ma barbe ?

Elle me regarde et dit : « Votre visage m'évoque les fruits couleur rubis qui ne poussaient que dans le ruisseau du palais du chah et mouraient dès qu'on les sortait de l'eau. »

16

« Les pierres tombales sont encore chaudes du soleil d'hier », crie ma mère.

Je fixe l'épitaphe d'un couple – mari et femme – qu'on a enterrés l'un sur l'autre. Je ne souhaite pas voir de près la tombe de mon père et convoquer le passé, avant l'accident de ma mère, avant les poings contondants de mon frère, avant le couteau qui a failli me trancher la gorge.

Une femme s'approche avec un panier. « Des roses ? »

J'achète deux bouquets jaunes enveloppés dans du papier destiné à un cadeau de naissance, dont l'épaisseur manque de délicatesse. Ma mère lave la tombe à la main avec de l'eau de rose. Elle utilise le seau rangé dans le coffre pour ces visites. À quoi servait-il, avant l'enterrement ? À un autre deuil, peut-être, aujourd'hui moins important.

« Si seulement vous aviez connu mon mari, dit-elle en parlant de mon père. Vous l'auriez adoré. Je sens presque son eau de Cologne. »

« Celle qu'il mettait pour d'autres femmes ? » suis-je tenté d'ajouter.

Le soir, lorsqu'il sortait rejoindre l'objet d'une liaison si peu secrète, ma mère s'asseyait devant le miroir de sa chambre et se coiffait avec une brosse en bois. Elle mettait du rouge à lèvres qu'elle exhumait du fond d'un tiroir, derrière un sachet de henné intact. Et lorsqu'elle se croyait seule, elle se regardait d'une façon que je craignais de devoir reprendre à mon compte un jour. Pour elle, le chagrin était sans échappatoire.

Les roses perdent vite leur intégrité. Ma mère arrache les pétales pour les répandre sur la tombe de mon père. Tandis qu'elle accomplit les rites du deuil, je m'imagine enfouir mon visage dans la terre et hurler jusqu'à ce que les falaises de Kish se lézardent. Plus loin, un vieil homme coupe les épines d'un buisson avec un sécateur antédiluvien. Parvenu à bout d'une tige, il ôte son chapeau pour recueillir ses larmes.

« Pauvre homme, dit ma mère. C'est le jardinier du cimetière depuis qu'il a treize ans. On l'a remercié l'année dernière, mais il vient quand même tous les jours. C'est fou, non ? »

Un coup de vent sournois balaie les fleurs mortes d'une tombe voisine. Une profonde culpabilité me jette au sol pour les sauver en me couchant dessus. Ma mère voit que c'est important pour moi. Elle me rejoint précipitamment et ramasse des pétales de roses pour les déposer sur la tombe.

« C'est quelqu'un que vous connaissiez ?

– Non. Mais cette personne mérite de la compagnie. »

Derrière elle, une silhouette s'immobilise. Un homme que je soupçonne de me suivre. Il porte un imperméable sur le bras et se détourne quand je le regarde. Je ne sais pas si je dois prendre ma paranoïa au sérieux. En un rien de temps, il a déjà traversé le cimetière.

« Il y a une dernière tombe que je voudrais voir », dis-je à ma mère. Je la trouve facilement.

Des stèles gravées d'extraits du Coran dominent la parcelle de ma grand-mère. Ses os sont peut-être là-dessous, mais je sais qu'elle aurait préféré reposer à Qamsar, auprès des roses dont elle craignait toujours qu'elles se fassent dévorer par les biches sauvages. Ma mère ne s'est jamais sentie coupable de l'avoir enterrée à Téhéran.

« Elle est tout ce qui me reste de famille, s'était-elle justifiée. Les tombes ne sont pas pour les morts, mais pour ceux qui les pleurent. »

Bientôt les comprimés me donneront une fringale de citrons confits, me pousseront à lécher le sel de mes mains. J'ai dû me documenter sur les effets secondaires à l'époque où notre fuite n'était qu'hypothétique. Mes doigts n'ont pas encore gagné en douceur. Je finirai par acheter des gants au cas où mes propres poignets me deviendraient étrangers.

Un jour qu'elle avait pris trop de morphine, ma grand-mère m'a parlé de son autre fille, celle que je n'ai jamais connue.

« Elle a trouvé la mort dans la pierre. » Je n'ai pas compris ce qu'elle voulait dire jusqu'à ce que j'apprenne qu'on avait traité ma tante de putain pour avoir partagé la couche d'un homme marié. Elle était morte sous les pierres qu'on lui jetait dessus, l'une après l'autre. « Je ne savais pas ce que ça signifiait quand je l'ai lu dans le thé. »

Je faisais de mon mieux pour changer de sujet chaque fois qu'elle l'évoquait : je ne voulais pas hériter d'une fin aussi affreuse. Ici, je ne peux pas m'empêcher de penser à toi. Quel seau utiliserais-je pour laver ta tombe ?

« Est-ce que l'histoire de la reine des serpents se trouve au livre 3 des *Mille et une nuits* ? je demande à ma mère.

– Il n'y a pas de livre 3 dans ces contes. Une succession de nuits. De chapitres. Certaines éditions divisent le livre en plusieurs volumes plus maniables, mais l'œuvre elle-même ne connaît aucune séparation formelle. » Tout près, la sinuosité d'une couleuvre. Ma mère la ramasse et l'approche de sa bouche. « Est-ce toi qui as tué Canobus ? »

Je lui prends le petit reptile des mains et le pose sur un tas de feuilles. Il reste un instant inerte avant de se couler vers l'est. Si je savais où tu étais, je t'appellerais pour te raconter tout ça. Je te dirais mon angoisse d'hériter des séquelles de ma mère, après la commotion cérébrale dont nous fûmes la cause. Je sais qu'en toute logique, c'est impossible. Mais les malédictions n'en suivent aucune, alors qui sait.

Je le mérite. Si toi et moi sommes deux perles, la tragédie est le collier qui nous lie. Un jour, il y a bien longtemps, ma mère est passée à la librairie. C'est moi qu'elle cherchait, à moins que ce ne fût l'exemplaire des *Sept beautés* dont je ne cessais de parler. J'étais là, et toi aussi. Quand elle a lâché son sac de framboises blanches, j'ai instinctivement repoussé ta bite du coude et tu as vite remonté ta braguette. Trop tard. Elle nous avait vus.

J'ai couru après elle jusqu'à sa voiture. Sans me regarder dans les yeux, elle a secoué la tête et mis le contact. « Parfois je voudrais que tu sois mort. » Son choc était poétique.

Elle a foncé jusqu'à la maison. Ou presque. Dans un virage maladroit, elle a percuté un vendeur de cantaloups : ça aurait pu être drôle si elle ne s'était pas défoncé le crâne. Je ne supporte plus ces melons, pas même l'odeur. La chaussée autour de chez nous est restée gluante pendant des mois.

« Au moins, elle n'est pas paralysée », nous a dit le médecin. Encore une tentative de consolation ratée. Mon propre raisonnement était cependant plus brutal. Au moins, elle garderait notre secret.

17

On s'arrête à un étal de pain. J'achète un *barbari* au cas où ma mère n'aurait rien à manger chez elle. Le boulanger plonge sa main dans le four en pierre pour retirer une galette qui est restée coincée. Comme il est le plus jeune de l'équipe, il a quelque chose à prouver. Les cris sont éloquents : il a laissé son bras dans le four trop longtemps. Ses comparses attrapent un seau d'eau où baigne un chiffon propre et y plongent la main blessée. Il est trop tôt pour mesurer la gravité de la brûlure.

Ma mère observe la scène avec moi.

« Combien de temps peut tenir quelqu'un au milieu d'un feu qu'il a lui-même allumé ? » je demande. Je n'attends pas de réponse, mais elle me dit tout de même :

« Didon, par exemple ? D'après la pièce de Marlowe, c'est elle qui prépare le bûcher sur lequel elle finit par s'immoler.

– Je me souviens. Après que son amant l'a quittée. Est-ce qu'on ne ferait pas tout pour échapper au feu ? Est-ce que le corps ne fuirait pas instinctivement ?

– La mythologie n'est pas là pour se plier au réalisme. Il y a des feux qu'on ne sait même pas avoir allumés. » Elle déchire un morceau de pain et le mange.

Je marque toujours un temps devant l'immeuble où j'ai grandi. Je m'arrête près de la balançoire au portique orné de roses fraîches. Elles étaient si belles, même à l'époque : j'en avalais tant que je pouvais, jusqu'à ce que la nausée me prenne et que je vomisse – rien toutefois qui ressemblât à une fleur. J'aimais imaginer que des pétales tapissaient l'intérieur de mon corps et qu'à tout instant je pouvais éternuer, pisser, chier ou juter une rose.

L'appartement est le même que quand je l'ai quitté. Seules les salissures du tapis ont changé : il y a une tache noire que je remarque seulement. Mon sang séché. Aujourd'hui, je n'ai pas le nez cassé, personne ne me menace d'un couteau. Pas encore. Cette forme, le dessin du sang versé… si je plisse les yeux, ça me ressemble.

Il serait facile de nimber mes souvenirs d'une lumière dorée, d'autant que les lampadaires de la rue semblent étrangement beaucoup plus proches. Je sais que c'est impossible. Il n'y a pas eu de nouvelle construction. Adolescent, je détestais la façon dont leurs ampoules orange ôtaient son intimité à ma chambre. Je m'interdis tout sentimentalisme envers le grenadier où je grimpais trop souvent pour m'échapper. Du haut de l'arbre, je voyais encore ma mère pleurer de se retrouver femme au foyer, ses brouillons de dissertations relégués au fond d'un tiroir. Malgré son sacrifice, son mari la laissait pour une autre.

Une fois chez elle, maman sort du four les livres qu'elle y range puisqu'il n'y a plus guère de place sur les étagères. Elle trouve un exemplaire de *Kalila et Dimna* dans le congélateur et surligne l'histoire du roi des grenouilles, qui donnait ses congénères en pâture à un serpent.

« Il t'a retrouvée ? » lui dit mon frère d'un ton inquiet.

Elle se lève à son entrée dans la pièce, comme pour un invité.

« *Khosh amadi.* » Elle hoche la tête. Je suis heureuse que vous soyez venu.

« Mère, veux-tu du thé avec ton pain ? je demande.

– Vous vous moquez de moi ? Je n'ai rien d'une mère. »

Je fais bouillir de l'eau. Je pose de la féta et du *barbari* sur une assiette que je lui apporte. Il n'y a pas de nappe dans le tiroir. En mon absence, ils ont mangé sur le tapis en soie rapporté de Tabriz. Il y reste des miettes. Elle met deux morceaux de sucre dans son thé. C'est peut-être trop tôt, mais j'évite de regarder dans le miroir en plastique rose au-dessus de l'évier de la cuisine. Je percevrais la différence, mon nez moins anguleux, ma langue moins acérée. Mon frère voit bien que je prends note de ce qui manque.

« J'ai dû mettre au clou certains meubles pour payer le loyer.

– Juste le temps que j'obtienne une bourse », dit ma mère. Les gros livres s'entassent en une même pile, tandis que les ouvrages plus minces sont répartis autour. Je ravale l'amertume sans rien dire quand il les ferme tous pour dégager la table, sans se soucier qu'elle perde ses pages.

Un peu partout, des tasses ébréchées pleines de fleurs de jasmin sèches : près de la télévision, en équilibre sur le thermostat cassé, sous la table basse en verre. Elles parfument la pièce depuis leurs réceptacles accidentés, fatigués.

« Les jasmins du jardin sont-ils toujours aussi grands ? je demande à ma mère.

– Je n'ai pas vu de jasmin.

– Où as-tu ramassé ça, alors ?

– Ce n'est pas moi. L'autre homme. C'est lui qui les apporte. »

Une manifestation de gentillesse étonnante. J'ai du mal à imaginer mon frère en train de ramasser des fleurs.

Jadis, nous avions de la vaisselle en porcelaine et de beaux verres de dynasties anciennes. Je ne trouve plus rien. Il a dû les vendre pour financer son addiction. Avec les vieux chapeaux, les cannes sculptées à la main, tout le bric-à-brac que mon père exposait dans sa boutique. Il ne reste rien de ce dernier à part les photos. Difficilement monnayables, sans doute.

Cet endroit a été le décor d'une grande partie de nos vies. L'entrée se trouve face à la porte coulissante menant au jardin, de l'autre côté du salon. Le reste de l'appartement s'organise autour d'un couloir, avec la cuisine à gauche, puis, dans le sens des aiguilles d'une montre, la chambre de ma grand-mère, celle de ma mère, la salle de bains (au fond du couloir), la chambre de mon frère et mon ancienne chambre.

Le couloir est toujours sombre, mais, selon le moment de la journée et l'orientation du soleil, les chambres explosent d'une telle lumière que les yeux mettent plusieurs secondes à s'y habituer. Dans un placard, derrière une pile de linge, il y a un carton de cassettes. J'en glisse une dans un vieux magnétophone trouvé à la cuisine. Un grésillement. Pas d'enregistrement – ni voix ni conversation. Je laisse l'électricité statique défiler tandis que je prépare le repas. Un plat tout simple, du riz. Ma propre manifestation de gentillesse avant de repartir.

De la terrasse, j'imaginais ce que ça ferait de tuer mon père, comme Zahak. Dans le mythe, un sorcier persuade le jeune prince de creuser un trou où le sien fera une chute fatale. Je te trouvais crédible dans le rôle du prince. Tu avouais le meurtre de ton père, certain que tu étais d'avoir provoqué son cancer des poumons par ta simple volonté après qu'il t'avait interdit de me voir.

« Moi vivant, jamais. »

Il n'avait heureusement pas eu gain de cause.

Je remue des stylos multicolores qui étaient destinés aux lettres que je projetais d'écrire, mais que j'écrivais rarement. Plus au fond du carton, il y a des bagues ornées d'araignées en plastique, des plumes et des hologrammes fantaisie tirés d'une hagiographie où nous ne voyions que des contes de fées. Trois vieilles bouteilles de cola gisent par terre. Même les fourmis qui se sont frayé un chemin à l'intérieur sont déshydratées. Kurt Cobain et Iskandar le Grand. Deux hommes dont j'avais des posters, avec Orion et Chah Kong, le gorille. Mon frère les a depuis vendus, eux aussi, ou bien déchirés ou brûlés. Je regarde sous le lit et je suis choqué qu'aucune rose de lait n'ait poussé, malgré toutes les fois où je me suis masturbé entre le matelas et le sommier. D'accord, c'est toujours moi qui finis à quatre pattes, mais, pour voir, je me tapais mon plumard.

Il n'y a pas de pistolet là où je l'ai caché la dernière fois. Seulement des flacons blancs et vides. Je m'étais chargé de veiller à ce que ma mère prenne ses médicaments après une tentative de suicide. Même alors, elle jouait la carte mythologique.

« Des graines de serpents », disait-elle pour rendre moins terrifiants les antidépresseurs expérimentaux. Les comprimés ressemblaient, trouvions-nous, à des œufs de reptiles.

La cassette d'électricité statique passe encore quand je fouille le placard de ma grand-mère, depuis longtemps désaffecté. Après le meurtre de ma tante, ses vêtements avaient été roulés plutôt que pliés. Ma grand-mère les gardait dans sa chambre. Les robes et les foulards avaient chacun leur petit sac plastique, du genre de ceux qu'on réserve d'ordinaire aux provisions. Ma grand-mère avait poursuivi cette collection, y ajoutant des chemisiers jamais portés et d'autres robes, qu'elle avait aussi décidé de rouler plutôt que de plier.

Comme ma mère l'avait grondée d'avoir volé des sacs à l'épicerie, elle attendait que je rentre à la maison avec des oignons, des prunes, du persil ou des mûres. Elle allait repêcher les sacs dans la poubelle pour y rouler les foulards qu'elle venait d'acheter. Leurs motifs étaient souvent géométriques, de subtiles arabesques.

« Je ne te vois jamais les porter », disait ma mère, suspicieuse. Ma grand-mère était trop timide pour avouer qu'elle les achetait pour sa fille dans l'au-delà. Si d'aventure celle-ci devait leur rendre visite à l'occasion de telle ou telle fête religieuse, elle aurait quelque chose de joli à se mettre.

Je l'ai surprise un jour en train de rouler un foulard bleu au délicat fil doré.

« Les motifs géométriques détournent le mauvais œil. » Une autre de ses superstitions.

Nous savions tous les deux que le mauvais œil ne voyageait pas seul.

Les sacs plastique s'entassaient jusqu'aux cintres. Les robes de ma grand-mère avaient subi bien des froissures en partageant ainsi leur espace, mais c'était sans importance. Je suis sûr que mon frère a touché le pactole en vendant tant de vêtements jamais portés.

Sur la cassette, le bruit finit par changer. L'électricité statique s'interrompt. J'entends ma mère s'éclaircir la gorge.

« Hérodote connaissait les avantages des serpents ailés, protecteurs de l'encens, jadis précieux. Si seulement je pouvais être comme Olympias, la mère d'Iskandar, qui, elle aussi, dormait en compagnie de reptiles. Ou comme Méduse. Chaque cheveu, un serpent, et chaque serpent, une malédiction. Certains mordent vers l'extérieur, mais d'autres plantent leurs crochets dans la tête de la Gorgone pour retourner dedans. »

Mon frère ignore l'enregistrement. Contrairement à moi, il a une certaine habitude des discours de ma mère. Son front s'est débarrassé des restes d'acné qu'il avait tendance à gratter. Nous faisons la même taille, même si la vie nous a tordus dans des directions opposées. Je suis voûté d'avoir lu trop de livres. « D'avoir voulu te sucer toi-même », plaisantais-tu.

Mon frère, lui, penche de côté. Il cachait toujours sa contrebande dans sa poche droite. Ses poches sont vides à présent, mais le penchant demeure.

« J'ai renoncé à trouver les cassettes que passait mamie, dit-il en croyant que je suis après elles, moi aussi. Je me disais que ça calmerait maman de les entendre.

– Le luth ?

– Tu te rappelles.

– C'étaient pas des cassettes. C'était la radio. » Je cherche du regard la chaîne hi-fi de ma grand-mère et son autocollant de feuille sur le haut-parleur gauche.

« Plus là », dit mon frère. Ça vaut pour tellement de choses.

L'eau du riz bouillonne en sifflant sur la cuisinière. Le son nous parvient par le couloir. Je mets la cassette sur pause et me précipite à la cuisine pour stopper tout débordement. J'éteins toujours le feu au lieu de le baisser, par habitude, même si, quelques instants plus tard, j'approche à nouveau une allumette du brûleur.

Mon frère me regarde ajouter du sel à l'eau bouillante. Tu me dirais de ne pas rester là, qu'il est aussi dangereux qu'une corde accrochée à une branche de citronnier. Même après coup, j'ai eu du mal à admettre que l'agression venait de mon frère. Une sensation de cauchemar. C'était pourtant vrai, je le savais. Les ecchymoses et le sang. Aujourd'hui il fait grand jour et, sans mon père, ma grand-mère ou ma mère telle qu'elle était, j'ai encore du mal à accepter tout ce qui a disparu.

« Le pistolet de papa. Tu sais où il est ? » Mon frère est surpris que je m'en souvienne, ou que j'ose en parler. Mais je ne lâche pas. « Le pistolet avec lequel maman a menacé de se tuer.

– Elle l'aurait fait, si je n'avais pas enlevé toutes les balles. À l'époque, je vérifiais chaque matin, pendant qu'elle prenait sa douche. Un jour, j'ai failli manquer à ma routine. C'est celui où elle a pressé la détente devant moi. »

Je ne m'en souviens pas du tout.

« Pourquoi tu crois qu'il avait apporté le flingue ici ? » Ma question est idiote. Nous savons tous les deux pourquoi. Dans l'espoir que sa femme suicidaire en ferait bon usage.

« La stratégie d'évasion d'un lâche. Au moins, elle n'a plus envie de se foutre en l'air, autant que je sache.

– Je voulais le vendre.

– Plus là non plus. » Il marque un temps, puis décide de poser ses propres questions en suspens, après tout : « Tu te rappelles quand papa est parti ?

– Pourquoi ? »

Ça l'énerve que je ne réponde pas par oui ou par non. « Je me souviens pas des détails, c'est tout. Je revois juste maman pleurer. Un son horrible. Je croyais qu'on ne pleurait comme ça que sur des cadavres dans les films. Tu crois qu'on a l'addiction dans nos gènes ? »

La réponse à ses questions est parfois risible tant elle est évidente. C'est déjà là. Moi et les hommes. Lui et la drogue. J'ai plus souvent vu mon frère défoncé que sobre ces dix dernières années. Le comble du sordide : lui en train de sucer le sang qui coulait de sa veine par peur que de l'héroïne s'échappe en même temps. Je ne comprends pas ce qu'il attend de moi maintenant. Pas que je lui pardonne, mais que nous philosophions sur notre rage.

D'une main, il jongle avec des kumquats. Un geste inconscient, ou destiné à me rappeler qu'il y avait une petite poche de joie dans notre enfance, quand nous plaisantions parce que lui savait jongler et moi imiter des chants d'oiseaux. Des canaris, le plus souvent, et une tentative de rossignol qui n'a jamais vraiment abouti.

« Pourquoi donc as-tu appris à jongler ? je demande.

– Pour te distraire quand maman et papa se disputaient.

– Ça n'a pas marché.

– Pas longtemps, peut-être, mais les premières minutes, si. Et toi, pourquoi as-tu appris à imiter les chants d'oiseaux ?

– Pour Zal. » C'est sorti tout seul.

Ça fait un moment qu'il n'a pas entendu ton nom. Il espérait sans doute que nous nous soyons éloignés. Il marque un temps, puis se contente d'un « Ah ».

Dans le couloir, ma mère fouille les placards.

« Nilofar, ma chère, vous souvenez-vous du miracle des roses ? » Une question suffisamment vague : voyons quelle réponse elle suscitera.

Ma mère réfléchit. « Il y a la Vierge. Elle est apparue entourée de roses, non ?

– *Quid* des serpents ?

– Une référence à saint Georges et le dragon ? Il y a les pourfendeurs de serpents de *La reine des fées*. À moins que ça ne renvoie à Zahak. Mais ses serpents étaient une malédiction, pas un miracle. L'art du Lorestan utilise le serpent comme symbole de fertilité. Peut-être que le miracle, c'est la naissance.

– Il faut une référence littéraire, qu'on trouverait au livre 3. »

Mon frère attrape ses clefs sur une étagère et dit avant de sortir :

« Tu n'avais pas un livre sur la mythologie ? Un livre en 3D ? Tu dessinais partout dedans.

– C'est vrai. Oui. Mais c'était un bouquin pour enfants. Il n'avait pas de livre 3.

– Regarde les notes de fin, qui sait. »

L'album. J'y réfléchis un moment. Il a peut-être raison. L'invité de Leyli. Omid. Qui tapotait la couverture avant de prendre la fuite.

18

Au musée d'Art contemporain de Téhéran, je ne vois pas Omid à proximité du Miró, ni en train de garder la sortie de secours. Je m'arrête brièvement devant un tableau de Bahman Mohassess, un corps de pierre sans bouche. Même ici j'entends l'écho d'un cri bien précis, le tien.

Le musée est encombré de coudes, aujourd'hui. Les visiteurs se doublent sans ménagement. Un homme circule avec un gobelet de soda pris au distributeur. Quand les gouttes de condensation tombent au sol, il les essuie de la semelle de sa chaussure. Je déambule parmi ces formes ramollies. Ma frustration rend tout le monde transparent.

Au détour d'une nouvelle salle, j'aperçois Omid qui fait les cent pas en blazer et pantalon bleu marine. Il est trop absorbé par ses lacets pour remarquer que je l'observe. Il passe de toile en toile, sans prêter attention aux photos avec flash dans son dos. Il se perd dans la contemplation d'un Dubuffet. Le tableau d'une bouche ouverte le fixe tandis qu'il s'assoit sur une chaise pliante pour reprendre l'inspection de ses chaussures. Un lacet est plus décoloré que l'autre.

Je laisse mon ombre le surprendre. Il lève les yeux. D'un bond, il quitte son pliant. Je ne suis sûrement pas le premier visiteur à m'arrêter pour parler à un gardien, mais il panique. Craint-il que je l'affiche en l'attrapant par l'entrejambe ?

Son col de chemise est levé à droite. Je tends la main pour le rabattre. Une habitude. Omid recule, inquiet du sens de mon geste.

« Désolé d'être parti, l'autre soir. »

Au lieu de parler, je préférerais qu'il me mette à genoux. Je pourrais débuter une histoire parallèle avec un nouvel amant. Sauf qu'alors je n'atteindrais jamais notre objectif final.

« Mon livre, dis-je. Tu l'as pris. »

Il est visiblement blessé que, de tout ce qui s'est passé ce soir-là, ce soit le livre qui m'amène.

« Oh. Ça. Je peux te le rapporter après le travail. Tu n'es venu que pour ça ? » Espère-t-il que je vais glisser ma main entre ses cuisses pour son plaisir ?

« C'est toi qui as filé d'un coup.

– Je ne peux pas me retrouver mêlé à des trucs louches. Pas avec mon visa.

– Ce que tu peux apprendre d'un job dans un musée est limité. Tu devrais élargir tes expériences. »

Je fais preuve d'une belle force de conviction. Il reprend contenance. « Tu te rappelles où j'habite ? »

Il hoche la tête.

« Bien. » Je pars avant qu'il ne puisse ajouter quoi que ce soit.

Je peux tout recommencer avec Omid. Serait-ce donc si facile ? Nous habiterons l'intense badinage de deux personnes qui viennent de se rencontrer. Mais quand la relation se consolidera et que nous passerons davantage de temps ensemble, les vieux dangers reparaîtront. Avec lui aussi je devrais décider des mesures à prendre pour ne plus être une cible. Et puis je doute que son sperme soit aussi délicieux que le tien. Même sale, ta bite a pour moi le plus doux des parfums.

Je ne fais pas grand-chose pour préparer sa visite, sinon ne pas tourner la clef et vérifier que la chambre est libre. Je l'entends au bas de l'escalier. Il grimpe résolument au premier étage. Au deuxième, il marque un arrêt. Plus il monte, plus il va lentement. Mais ma porte est ouverte. J'ai fait le gros du travail. Il se fige avant de toquer.

« Tu l'as ? » je demande depuis l'intérieur.

Il entre, mais ne ferme pas derrière lui. Il fouille sa sacoche – on dirait qu'elle lui sert à cacher une érection. Je lui arrache le livre et tourne les pages en quête d'une évidence.

Je m'arrête au premier serpent. Une note de bas de page sur Ovide. Livre 3. Une image de Tirésias.

L'illustration montre un trio : un vieil homme, une figure en transition et une femme. Tirésias, celle qui a fini par redevenir homme après avoir frappé deux autres serpents. Plus loin dans le mythe, on lui demande si l'amour est meilleur en tant qu'homme ou en tant que femme.

« En tant que femme, répond-il. Le plaisir est bien plus grand. »

De rage, Héra le rend aveugle.

Je me souviens que je ne suis pas seul.

« Ça veut dire quoi ? demande Omid par-dessus mon épaule.

– Je suis en train de changer. Tu ne vois pas ? Devant tes yeux. »

Il prend ça pour un appel à l'aide. « Je peux faire quelque chose ?

– Non. »

Il est déçu que je ne lui propose pas de rester.

« Je peux te dessiner ? S'il te plaît. Avant de partir. »

Il vérifie son col de chemise au cas où un côté se serait de nouveau relevé. Je me rends compte que ce n'est pas le regard des autres qui le gêne. C'est mon jugement qui l'inquiète. Si seulement je pouvais être plus gentil, me dis-je. Au lieu de quoi je cherche ce qui pourrait encore le mettre mal à l'aise. Lui laisser croire qu'il a quelque chose de coincé entre les dents ? Si je mentionne des pellicules, il tirera sur ses pattes. Je me délecte de le voir se faire tout petit. Ai-je jamais eu cette innocence ? Sa présence réitère la vérité : je ne pourrais pas être avec quelqu'un d'autre. Les plaisirs s'émousseraient. Il est bien trop ordinaire pour moi. Des chaussettes assorties. Un double dégradé.

Je montre les dessins du cahier à reliure de cuir dans sa main. « C'est toi qui les as faits ? »

Il feuillette les croquis de sculptures d'une exposition dont il m'assure qu'elle a changé sa vie. Je reconnais la *Méduse* de Cellini et celle de Bernini.

« Mais ça ne représente qu'une moitié de moi », dit-il de ses dessins d'Italie.

Il irradie quand il me montre ses copies des tableaux d'Abbasi : un courtisan persan avec une perdrix à ses pieds ; des chasseurs près d'un ruisseau délicat ; deux amants, la main de l'un entrouvrant la tunique de l'autre pour offrir un minuscule aperçu de peau. Ça pourrait facilement être deux hommes. L'un d'eux me ressemble presque. Omid le souligne aussi.

« Je ne crois pas que j'aie réussi sa poitrine. Tu as une tunique médiévale, quelque part ? » plaisante-t-il. Après avoir un peu fureté, j'allume un joint et je le lui passe. Il le prend. « Je ne savais pas que tu avais ça ici. » Il exhibe à nouveau ses dents. Omid et sa bouche ouverte. J'enlève ma chemise. Je sais que ça le met mal à l'aise. Il a peut-être déjà dessiné des nus d'homme et de femme, mais jamais un corps en transition.

« Vas-y. Tant qu'il est encore temps. »

Il tire un fusain d'un sac plastique. Tandis qu'il gratte le papier – ma hanche, mon genou –, mes membres se vident. Ça m'est égal. Il me regarde intensément partout sauf dans les yeux. C'est une forme de brûlure, qu'on plonge en vous. J'espère qu'avec l'âge, je perdrai l'émotion, son acuité. Sur le palier, l'ascenseur s'ouvre. Omid bataille avec son cahier à dessin, le lâche. Un craquement. Il a marché sur son fusain. Un quelconque programme automatique fait que l'ascenseur s'ouvre et se ferme à tous les étages à chaque heure pile. L'escalier est vide, à l'exception des papillons de nuit massacrés avec constance par les bouches d'aération. J'ôte mes chaussures sans défaire les lacets. Mon pantalon tombe à mes pieds. Voit-il que son modèle bandera bientôt moins ? J'ai envie de lui demander de faire un dessin de moi avec des bijoux autour du cou, le long des cuisses, partout. Quand je jouirai, il n'y aura plus de perles. Les comprimés auront bientôt raison des giclées.

« Tu as assez de fusain ? » je demande. Mais il est ailleurs. « Tu cherches un invité pour une participation exceptionnelle ?

– Il est là ?

– Tu aimerais ? »

Une déception subtile se peint sur son visage quand il saisit que nous sommes seuls.

« Non. » Il répond trop vite. Il a sans doute juté à l'idée. Je vois du précum à travers son pantalon ; il a dû oublier de mettre un caleçon. Il attrape son fusain cassé, le plus gros morceau, et prend son temps avec mes cheveux. Ils sont difficiles à rendre, je le sais. Je me retourne pour aller lui faire du thé.

« Ne bouge pas. S'il te plaît. J'ai presque fini.

– D'accord. »

Je me blottis par terre, nu, dos à lui. Le tapis est chaud, ce tapis persan que mon oncle est certain que j'ai mis sous clef. Il y a un long moment de suspens. Omid plisse les yeux pour déformer mon corps. Je connais bien l'image. Je peux devenir une fille de Danaos. Réécrire ma vie en poses antiques. Puis il relâche son souffle et le dessin reprend. Mon corps et son corps à elle, cousus ensemble par le trait noir. Quand c'est terminé, je sens mon torse se remettre en place. Il s'attarde sur chaque boucle pubienne. Marque un temps. Ça le fait bander plus dur, je le sais.

Je jurerais que mes aréoles s'assombrissent de minute en minute. Il gratte le fusain du doigt, si bien que quelques éclats tombent sur le croquis. Une voiture pétarade dehors, au moment précis où les trois mouchetures noires s'abattent sur mon corps. Ça ne fait pas exactement un son de balles, mais suffisamment pour que j'y pense. Il me faut un pistolet. Pour ma sécurité.

Dos à lui, je l'entends – sa main qui défait sa ceinture. Ça doit être un peu râpeux de se lubrifier au fusain et à la salive. Du sable, des pierres. Il se branle en se voyant mourir dans mes cheveux. Est-ce qu'il t'imagine en larmes dans la chambre ? De ses mains cendreuses, il se fait jouir. Un petit halètement signale qu'il a fini. Trois coups. Trois balles. Il n'a pas terminé mon visage. Peut-être qu'il trouvera quelqu'un d'autre auquel attacher le reste du corps. Je suis du doigt le tracé des gouttes tombées sur le tapis. Comme les taches de sang, elles me ressemblent. Il y a redite partout où ma peau se rencontre.

Omid rabat sa chemise. Il trouve une photo entre le réfrigérateur et le comptoir de la cuisine, me la tend. Anodine. Une photo à nous, un paysage photographié par toi après la baise. C'est la couleur qui est notable.

« C'était où ? »

Je hausse les épaules. « Je ne sais pas.

– C'est toi qui l'as prise ?

– Non. C'est Zal. » Il ne s'attendait pas à apprendre ton nom. « On partait souvent en voiture chercher des couleurs particulières. »

J'avais mis des cassettes de Cocteau Twins pour accompagner la douce danse de l'autoroute, assez remuante pour qu'on bande. En quête de champs indigo ou de stations-essence lapis-lazuli, nous suivions la route de notre lubie bleue. Une semaine durant tu as été obsédé par un fruit de ton invention.

« Il est bleu, même sous la peau. » Tu jurais en avoir déjà goûté.

Nous explorions les marchés, mais à Yazd on voulait plutôt nous montrer du tissage et du *termeh*.

« Et des fruits bleus ? » as-tu insisté auprès d'un marchand.

Il a longuement réfléchi. « De quelle couleur sont les pépins ? »

Tu as marqué un temps tout aussi long. À ton expression, j'ai vu que tu comprenais avoir rêvé tout ça.

« Où est Zal, maintenant ? » demande Omid dans la cuisine. Il a du noir dans le cou après s'être gratté.

« Ha. L'éternelle question.

– Désolé. » Il désigne une tache de sperme sur mon jean, une giclure à lui qui a atterri là quand j'ai remis mon pantalon. Il y a aussi une trace de fusain. « Tu devrais le faire tremper pour que la poudre ne s'incruste pas. »

Je vais chercher de quoi me changer dans le placard. Je remarque qu'au milieu de mes affaires, il y a ton jean gris, celui que tu portais à ton entrée et à ta sortie de l'hôpital. Visiblement pendu à la hâte, à moitié hors du cintre. Juste avant de quitter l'appartement, tu as dû te rendre compte que tu devais le laisser. Pourquoi, quand tu as effacé toute autre trace ? Parce que ce jean est à moi. Tu avais fait toute une histoire que j'emprunte tes pantalons et me débrouille toujours pour y laisser une tache d'encre. « À chacun ses affaires », avais-tu décrété. J'avais donc marqué les étiquettes. Mais, ce soir-là, tu portais mon jean. J'essaie de ne pas m'appesantir là-dessus.

Je l'enfile et rejoins Omid. En guise de remerciement, il glisse ses doigts dans la boucle de ma ceinture et m'attire à lui. « C'est terrible, les peines de cœur qu'on t'a infligées. » Nos sexes se touchent sous le tissu. Il m'embrasse. Je le laisse faire. Il plonge ses mains dans mes poches arrière et tire quelque chose de la gauche. Un bout de papier, peut-être un emballage de chewing-gum.

« C'est ta carte ? » rigole-t-il.

Un reçu. Du soir de ton agression. Chez Bita, glacier.

« Voilà.

– Je me demande si ça valait le coup de se taper un mec plus jeune. » C'est ce qu'Omid dira de plus pervers. Est-ce qu'obtenir d'un autre qu'il se laisse baiser valait toute cette merde ? « On peut espérer qu'il ne tombera pas deux fois dans le même piège. »

Je l'embrasse pour m'avoir suggéré cette pensée cruelle. Tu pourrais rechuter.

19

Devant Chez Bita, je cherche du regard Sumac qui s'enfilerait une glace à la mûre. Les gens doivent être avides de douceur par une soirée aussi pestilentielle ; toute la ville sent la charogne. En tête de file, un jeune couple commande un demi-litre d'un parfum quelconque et range l'achat dans une poussette tordue. Enfants, nous aimions beaucoup la glace à la pistache que vendait entre autres mon père dans sa boutique. Comme il ne voulait pas gaspiller de cône, en période de sanctions internationales, il déposait la boule directement dans mes mains. Toi et moi faisions l'apprentissage de la chiromancie en lisant ces lignes collantes.

Quand j'approche du comptoir, je vois que ce n'est pas un jeune qui sert, mais le patron, un homme d'âge mûr avec un bonnet de marin. Je lui devine un tatouage d'ancre, souvenir du bon vieux temps où il naviguait sur la mer Caspienne. Sous ses pieds, un tapis en peau de tigre absorbe l'eau qui goutte de la cuillère à glace.

Un détail me frappe. Un nombre disproportionné d'hommes se glissent dans la queue. Quand vient leur tour de commander un pot ou un cône, ils attendent que le propriétaire leur adresse un hochement de tête avant de se diriger vers une porte latérale. Est-ce l'entrée des enfers ?

J'attends derrière une jeune fille qui gratte ses sourcils joints. Elle commande un smoothie à la banane, puis c'est à moi. Je prends mon courage à deux mains et dépasse le comptoir, comme les hommes que j'ai observés. Le patron me barre la route.

« Mon ami Ali Reza est dedans », dis-je. Un nom suffisamment courant.

« Prouve-le. » Il veut un signe, un code d'appartenance. Si seulement je gardais tous les poils pubiens qui échouent sur mes joues.

J'hésite. Il me montre la sortie.

Au lieu de partir, je me range de côté et j'étudie les parfums de glaces pour gagner du temps. Entrent deux hommes, dont un a un tatouage éphémère à paillettes dans la nuque, une queue de dragon. Ils lèchent des sucettes vertes. Le patron les laisse passer. À leur suite, deux jeunes. Ceux-là n'ont qu'une seule sucette. Le propriétaire les arrête.

« Allez, mon pote », dit l'un. Il prend le bâtonnet de la bouche de son camarade et le glisse loin entre ses propres lèvres. « Disons que c'est deux pour le prix d'un. » Et sur cette blague, en avant toute.

Si je veux entrer, je dois donc dégoter une sucette verte. Le marché d'à côté en vend. J'en achète deux et me les plante dans la bouche. Je retourne Chez Bita. Le marin s'interrompt en pleine cuillérée de glace à la framboise et me scrute à nouveau de la tête aux pieds. Rien d'inquiétant dans mon allure, même si c'est ma deuxième tentative.

La sucette verte est mon sésame. Il a pitié de moi et me laisse passer.

Je descends le long d'un vide fluorescent qui sent la vanille et la merde. Au bout, l'invitation discrète d'une porte à l'accès prudemment obstrué par des plantes. Je suis d'abord accueilli par les dards de boules à facettes. Dans une pièce par ailleurs tout à fait banale, avec deux lampes à lave, une enceinte diffuse du luth classique et une autre un remix de Gougoush. Sous d'opulentes perruques, d'innombrables chenilles soufflent la fumée de leur narguilé en un mélange d'émoticônes et d'arabesques. Quelqu'un joue à *Super Mario Brothers* dans la lueur tremblotante d'un écran.

Les cadres sont suspendus à des ficelles particulièrement longues, sans doute parce que l'autre côté offre aux clients diurnes des images plus convenables. Pour l'heure, ce sont des portraits de Valentino augmentés de dessins de bites. La fenêtre est couverte d'un long panneau en bois et d'un pan de velours arraché et ragrafé un nombre incalculable de fois – qu'importe, pourvu que la vue soit occultée. Des fourmis entrent et sortent par une drôle de fissure au milieu du mur.

C'est une illusion d'optique. Chaque fois que je lève les yeux, je vois davantage d'arbres. Des arbres de Judée, des tilleuls. Des hommes mangent des cônes de glace pilée ; entre eux se dressent d'ardents arums. J'imagine que d'autres se transforment eux-mêmes en arbres. Bouleaux argentés, ormes lisses. Certains avalent la fumée de leur cigarette, certains la recrachent. J'essaie de ne pas me laisser envahir par le dégoût – pas de voir des hommes se frotter à d'autres, mais de savoir qu'ils ne s'en sont pas privés quand j'essayais de m'abstenir. Je reste généralement à côté de types dont j'évite le regard, à moins que je ne sois à genoux. Peut-être que moi aussi, je suis l'un de ces arbres-blessures ambulants.

« Pardon », dis-je au barman.

Il me passe un verre au bord ébréché. « N'y pose pas les lèvres. Ça te couperait jusqu'aux gencives.

– Est-ce qu'il y a eu une descente ici ? Il y a six semaines ?

– Six semaines ? Et tu voudrais que je me rappelle ? Mon chou, ce serait plus simple de te dire quels jours il n'y a pas de descente. »

Je vide mon verre d'un trait.

Sous un voile ourlé de paillettes dorées, un homme chante un medley de Shohrey. Il a le visage plâtré de maquillage et les lèvres gonflées par des injections. Son petit nez finit en pointe aiguë.

« Chante-nous un truc moderne », crie quelqu'un.

Il s'arrête en plein solo. « Vous êtes trop parties pour apprécier quoi que ce soit, mes salopes. »

Après le numéro, il enlève son voile et le jette sur un tabouret de bar. Dessous, il porte un tee-shirt de foot, un short de sport, des talons aiguilles et du vernis aux pieds. Il lance des baisers aux habitués et s'arrête devant moi.

« Anjir ?

– Ouais. »

Il me serre précipitamment dans ses bras. Je reste de marbre. Son odeur est doucereuse, des reliquats de parfums dont on a secoué les fonds de flacon pour les appliquer ici et là.

« Tu ne te souviens pas de moi ? »

Je plisse les yeux pour que ses traits se réassemblent en un visage reconnaissable. Ça me revient en voyant le bord gauche de sa bouche. À l'école primaire, on se moquait d'un petit garçon avec une tache de naissance au coin des lèvres. Peymon. Je me rappelle l'avoir aidé à finir ses devoirs, un jour, en lui donnant la bonne orthographe d'Avicenne pour une rédaction sur le polymathe. C'est si vieux. Nous avions passé un week-end à la chasse avec son père. Ce dernier ne savait en général même pas sur quoi il tirait : il visait des taches blanches et, quand l'oiseau tombait, il allait voir sa prise.

« Dommage », avait-il dit d'un faucon, comme si ce n'était pas lui qui venait de le tuer.

D'un haussement de sourcils, Peymon suggère qu'il n'est pas étonné que j'aime les hommes.

« Je m'en doutais. Mais bon, j'ai des doutes sur plein de gens et puis je les vois jamais ici. Je me suis toujours demandé, pour toi, même si tu t'es jamais interposé quand je me faisais harceler.

– Je ne me souviens pas. »

C'est un mensonge. Bien sûr que je me souviens. Je n'étais pas, comme lui, efféminé et persécuté jour après jour. Je l'ai même sans doute poussé d'un manège, une fois, pour que les autres ne remarquent pas ma délicatesse. Les coups de pied leur venaient facilement, à eux. Un bon entraînement pour le foot.

« T'inquiète, dit Peymon. Je suis pas rancunier. En fait, je vois de tout. D'anciens camarades de classe, des potes, même des profs.

– Même Zal ? »

Il sourit. « Oui.

– C'était quand, la dernière fois ?

– Y a un truc joli entre vous ?

– Un truc joliment pourri. »

Il calcule la réponse à ma question. « Je l'ai vu plusieurs fois. Mais pas depuis la dernière descente. Quatre types se sont fait tabasser. Avec les autres, on s'est cachés dans le congélo jusqu'à ce que ça risque plus rien. J'ai fini avec des glaçons à la place des couilles. T'as vu passer l'info sur ce mec ? Celui qui a été pendu à un arbre ?

– Vite fait. » Encore un mensonge.

« C'est horrible de finir comme ça. Une fois, ils m'ont arrêté. » Il soulève son tee-shirt pour me montrer son dos. Certaines plaies ont l'air récentes, bien qu'elles aient séché. « Je dois mettre de la crème tout le temps pour que ça fasse pas mal. Cent coups de fouet. À l'ancienne, hein. Ils les ont comptés un par un. Et quand un gardien de prison t'oblige à boire dans une gamelle pour chien, c'est autre chose, crois-moi, plus érotique que faire le show pour un amant. Plus visqueux. Mouille permanente.

– Heureusement, tu es vivant.

– C'était ma première infraction. Le type qu'ils ont pendu, c'était sa troisième. Mais qu'est-ce qu'on peut faire d'autre ? » Peymon boit cul sec. Il fixe mes cheveux. « Tu as un peu changé.

– Ah bon ? » C'est subtil, à ce stade, et j'en suis responsable. Mes cheveux ont poussé, j'ai évité le coiffeur.

« Tu fais un peu plus féminin, de mon point de vue.

– Et tu n'as encore rien vu. » Il ne sait pas comment réagir. Je fixe mon verre pour l'ignorer.

« Tant mieux pour toi. Si c'est ce que tu veux. Moi, je pourrais pas. Mais j'ai jamais été amoureux. » Il se remet du rouge à lèvres à grands traits.

« Je ne suis pas sûr que l'amour suffise », dis-je.

Il sourit. « Faudra bien.

– Parfois je me demande ce que ça change. Je ne pourrais pas juste mettre un voile et faire comme si on était mari et femme ?

– Si seulement. Mais ils sauront. Ils vérifient quand ils t'arrêtent. C'est ceux qui n'ont pas eu l'opération qui prennent le plus cher. Les religieux comprennent encore moins. Même si tout se passe comme sur des roulettes, mon pote, même si tu transitionnes et que tu chopes les bons tampons sur les bons papiers, la vérité toute nue, c'est que la société n'acceptera peut-être pas. J'en connais au moins une dizaine qui se sont fait arrêter après l'opération. Il se peut que les flics t'emmerdent quand même, te fichent comme travailleuse du sexe. Ou profanent ton corps, parce qu'ils pensent qu'un viol, c'est rien comparé à ce que tu t'es infligé à toi-même. Ça restera difficile. »

Je sais. La transition n'est pas un changement cosmique qui simplifiera tout. Nos histoires d'ascension, c'est à nous de les écrire. Je tripote le reçu de Chez Bita. « Zal est venu ici avec quelqu'un. C'est lui que j'espérais trouver.

– Attends. » Peymon va voir le barman et lui fait signe d'approcher. Leurs visages se touchent. Peymon lui murmure à l'oreille. Le barman m'observe, puis chuchote à son tour. Peymon se penche par-dessus le comptoir jusqu'à faire décoller ses talons pour attraper quelque chose. Il me tend un bac à glace de douze litres. Extérieur brillant, intérieur nettoyé. Il y a surtout des épingles à cheveux dans le bac des objets perdus. Le fond est tapissé de capotes vert fluo, dont deux à moitié sorties de leur emballage. Une pipe. Un tube de rouge à lèvres noir sans bouchon. Et puis un porte-monnaie (vide) et un portefeuille. J'ouvre le velcro et je vois la carte de lycéen d'un jeune homme.

« Je ne sais pas grand-chose de lui, dit Peymon. Mais je ne l'ai pas revu depuis ce soir-là. »

Ton nouvel amour. Dix-huit ans et des poussières. Je tire du portefeuille une carte avec l'adresse de Sumac, comme si elle allait me révéler un secret. Est-ce que je veux vraiment le connaître ? À ce stade, cela a-t-il la moindre importance ? Oui. J'aimerais que ce ne soit pas le cas, mais, oui, c'est important. Sinon je craindrai toujours d'avoir pris cette voie pour les mauvaises raisons. Pour rester en vie, voilà. Pour être avec toi.

« Tu reviendras ? demande Peymon avant que je parte.

– Peut-être. »

Je lui frotte le dos en lui disant au revoir. Moitié pour m'excuser, moitié par sadisme. Est-ce que je peux encore le faire souffrir ?

« Tu me dégoûtes », avais-je lancé quand nous étions enfants.

Je ne le savais peut-être pas, mais ces insultes retournent à l'envoyeur.

Je marque un arrêt près des congélateurs. J'écoute leur bourdonnement, assez fort pour noyer n'importe quelle musique, en ce moment un morceau d'Erasure. Pendant deux minutes entières, ça me va de ne pas respirer.

Devant Chez Bita, un petit garçon mange sa glace au chocolat pendant que sa mère descend un smoothie à la pastèque. Ils sourient à l'endroit où les coups t'ont empêché de respirer. Rien ne sert de maudire les enfants qui jouent à la marelle là où ces hommes t'ont fendu la lèvre. C'est le même décor, mais ces gamins n'en savent rien. Ils feront peut-être l'expérience d'une brutalité à eux, quand ils manqueront de s'étouffer face au cerveau fumant d'un camarade de classe qui se sera fait défoncer le crâne pour une raison idiote : un col en V trop échancré, un lecteur CD en public. N'empêche, je te veux à mes côtés, tous les deux installés dans la fracture que nous devons encore réduire.

20

Une femme finit de ramasser son linge, un ensemble de literie avec des lapins brodés le long des bords. Elle essuie sa transpiration du coin d'un drap. Je lui emboîte le pas quand elle entre dans un immeuble qui rétrécit vers le haut. Il y a trois appartements par étage. Numéro 3, comme sur la carte de Sumac.

« Est-ce que c'est ici qu'habite Agha Daryoosh ? » je demande à la femme au moment où elle s'engage dans l'escalier.

Elle lâche le lourd panier en osier qu'elle portait sur l'épaule, m'examine de la tête aux pieds et resserre son tchador.

« Le jeune ou le vieux ? »

Je ne sais pas pourquoi, mais je me dis que demander le second sera moins inquiétant.

« Le père. Il est là ?

– Il doit être au travail. » Mon air ahuri réclame un complément de réponse. Elle soupire. « Au zoo de Téhéran. Kooy-e-Eram.

– Bien sûr. » Elle reprend son panier pour abréger la conversation. « Et sa femme ? »

Irritée, elle repose le linge. « Quoi, sa femme ?

– Elle est chez elle ? »

Elle m'examine attentivement. « Vous ne connaissez décidément pas bien la famille, hein ?

– J'étais à l'école avec… »

Elle m'interrompt. De toute évidence, elle s'en fiche.

« Partie depuis longtemps, autant qu'on sache. » Avant de tourner les talons, elle me jette un dernier regard pour s'assurer que je n'ai plus de questions. « C'est tout ? » Je hoche la tête. « Vous savez, vous ressemblez un peu au gamin.

– Ah bon ?

– C'est peut-être juste le jeu des ombres. » Elle monte l'escalier. « Vous devriez aller voir sa chambre tant qu'elle est encore là.

– Elle va disparaître ?

– Ça se pourrait. Il paraît qu'il a fugué. »

Devant la fenêtre donnant sur l'entrée de l'appartement, une plante grimpante se contorsionne jusque dans les charnières de la porte. L'audacieuse glycine a la même envie que moi de se glisser à l'intérieur. J'effleure le bout de la tige avant de l'enrouler autour de mon pouce et de tirer d'un coup sec. Le mouvement emporte une partie de la peinture de l'encadrement. J'ouvre facilement.

Dans le frigo, il n'y a pas grand-chose. Sur la porte, des aimants en forme de ballons de foot retiennent des photos de Sumac petit garçon. Lui en salopette couleur moutarde. Une bande de portraits de photomaton avec un fond tour Eiffel. Beau et rose, comme si rien ne pourrait jamais lui déchirer la peau ou seulement l'abîmer. Pas comme la mienne, qui vire déjà au gris. La chambre de son père est trop propre. Je n'ai pas le courage d'ouvrir le Coran pour voir quel passage il relit sans cesse.

J'entre dans la chambre de Sumac. Allez savoir, je trouverais normal qu'il soit là, à m'attendre, allongé sur son lit, offert, prêt à se faire prendre par un de ses nombreux hommes. Je le baiserais si je pouvais. Je remue un peu pour empêcher mon érection de se retourner contre moi.

La chambre pue le rose. Bonbons roses sous le lit, cuillère teintée d'un rose Marie-Antoinette par de la glace à la cerise, fil dentaire usagé rosi par du coca à la fraise. Le lit a visiblement été fait à la hâte ; les draps sont encore pleins de plis sous l'édredon. Froissé par terre, un emballage de sucette vert.

Le garçon a peut-être une cachette de porno quelque part, comme le vieil ordinateur portable que je planquais sous mon lit, celui aux sept touches défaillantes.

À l'intérieur d'un dossier dans un dossier, j'engrangeais des images et des vidéos avant que l'accès aux sites disparaisse. L'écran était tellement abîmé que, parfois, les vidéos enflaient en gros plans extrêmes. Un menton pouvait passer pour une cuisse.

Je cherche des cochonneries sous le matelas, la cachette la plus bête, la plus évidente. Rien. Il n'a sans doute pas besoin de porno. Avec des lèvres souples comme les siennes, il doit trouver de l'action où qu'il aille.

À l'occasion de ce moment volé dans sa chambre, je n'arrive pas à décider ce qu'il y aurait le plus de sens à dérober. Si seulement j'avais une liste. Un tee-shirt, peut-être. Mais sans savoir lequel est son préféré, à quoi bon le porter ? Il y en a un tout chiffonné par terre, avec des auréoles sous les bras. Je le prends. Ainsi que sa brosse à cheveux. Ça fera l'affaire. Je voudrais demander s'il est amoureux de toi, Zal, s'il t'a vu souvent ou si c'était la première fois.

Sur le mur, il a des affiches de films de Kiarostami, des films que j'adore et que tu détestes.

« J'en ai ras le bol des oliviers et des films persans », disais-tu.

Dans un livre coincé entre le mur et le lit, un recueil de poèmes de Rumi, je trouve une photo. Lui, *a priori*, avec quelqu'un d'autre. La partie supérieure a été déchirée pour maintenir un genre de confidentialité, une intimité que seule peut procurer une décapitation mutuelle.

Un tee-shirt sale avec des taches de déodorant aux aisselles. La brosse à cheveux. Dans le panier à linge, j'attrape des caleçons raides de vieux foutre. Sur l'édredon, je dispose le tee-shirt. Puis le caleçon. Des chaussettes sales. Privé de tête, il prend vie.

« Tu peux poser trois questions », dit Sumac sans visage.

Est-ce que tu l'aimais ? Est-ce qu'il t'aimait ? Avez-vous pensé à moi ?

Sa réponse est la même aux trois questions : « Seulement quand on riait. »

Je resserre l'ampoule de la veilleuse pour être sûr qu'elle ne lâche pas. Accroché à la poignée de la porte, un collier se balance. Des perles en verre bleu. Il me rappelle celui qui pend dans ta voiture. Comme le tien, ses perles se sont déformées à force de journées caniculaires passées dans le porte-gobelet. Et d'un coup je comprends. Tu lui as fait la même invitation. Une flèche imaginaire me traverse la gorge parce que tu n'en as peut-être pas fini avec lui.

21

Le zoo où travaille le père de Sumac est encore ouvert. Une foule s'est rassemblée devant l'entrée. Des journalistes parlent d'un pyromane qui a mis le feu aux cages de certains oiseaux tandis que des employés s'assurent que les paons survivants n'ont pas avalé trop de cendres. Une bécassine se blottit dans un coin pour dormir.

« Il a commencé avec les perroquets », dit un homme à sa voisine.

Un car à deux étages se gare en double file. Les touristes qu'il transporte montrent du doigt une flamme dans la nuit, peut-être un hibou en feu.

« Et il s'est enfui, comme ça ? » demande une femme à une autre.

Les pompiers n'ont plus rien à faire depuis que le dernier foyer s'est éteint tout seul. Le goéland a disparu dans l'exquise opacité de la fumée. Des gamins marchent sur des taches gélatineuses en essayant de deviner ce qui a brûlé ici et là, tandis que des adolescents forment un grand cercle autour de chaque cage pour voir comment les autres animaux réagissent. Seuls les koalas ont l'air inquiets.

Je cherche le père de Sumac. Quelques questions, rien de plus. Est-ce qu'il sait où est son fils ? Est-ce que le garçon s'est acheté une nouvelle valise à roulettes bon marché ?

« Agha Daryoosh ? » je demande à un employé en train de dégonfler des ballons pastel invendus. Il désigne du menton un homme en bleu de travail avec des vaporisateurs dans les poches.

Le père de Sumac bâille, dévoilant une dentition à trous, trois en haut et un en bas. Je le regarde de loin. Les flashs continus des appareils photo ne l'affectent pas : il balaie en tas des monticules de popcorn. De temps en temps il ralentit, comme si la pensée d'oiseaux en flammes prenait le dessus, mais il continue d'astiquer les barres qui cachent les zèbres et les barricades retenant les pélicans couverts de suie. Il s'assoit. Je m'approche de lui.

« Agha Daryoosh ? Je peux vous parler un instant ?

– Vous lâchez jamais, vous autres. » Je le rejoins sur le banc où est posée une carte du zoo. « Je sais rien sur les feux.

– Je suis là pour parler de votre fils. »

Il me regarde d'un air soupçonneux. « Vous êtes journaliste ou policier ?

– Ni l'un ni l'autre.

– Parce qu'il s'est fait attaquer par des types qui voulaient le voler. C'est ça qui s'est passé. » On se lève tous les deux.

« Vous savez où il est à présent ?

– Comment vous connaissez mon fils ? » Je n'arrive pas à choisir un mensonge. Dire qu'on a travaillé ensemble ? Que j'ai fait du bénévolat dans son école ? « Vous étiez avec lui ce soir-là ? »

Je tends la photo trouvée dans sa chambre, celle de Sumac et d'un autre homme, sans doute toi, prise dans un jardin quelconque. On ne voit que les troncs des palmiers et les deux corps sans tête.

« Vous. » Il désigne la photo. « C'est vous, n'est-ce pas ? C'est avec vous qu'ils l'ont surpris.

– Non. Promis. »

Son attitude change. Je sens monter une vague de violence.

« Vous étiez avec lui ce soir-là, hein ? C'était un malentendu, hein ? Qu'est-ce qu'il a dit ? » Agha Daryoosh peut bien se raconter que c'était un accident, qu'ils ont confondu son garçon avec quelqu'un d'autre, ça ne changera pas le fait que son fils est un pédé. Il se rapproche, choisit de poser ses mains cendreuses sur mes épaules. « C'est des types comme vous qui lui ont foutu ça dans la tête. » Il me serre dans ses bras trop fort pour que je me débatte, comme s'il avait besoin de s'appuyer sur quelqu'un pour digérer l'idée. S'il criait, je me dégagerais peut-être. Mais il pleure si doucement que la transe opère. « À cause de vous, il est mort. » Il verse deux larmes dans mon oreille.

« Il est quoi ?

– Mort, mort, mort. »

Évidemment. Tout ce sang sur ta chemise.

Je voudrais le supplier : « S'il vous plaît, étranglez-moi jusqu'à chasser mon dernier souffle. » Mes pensées vont toujours à la violence. D'une certaine façon, tout ça est peut-être ma faute. Si j'avais organisé notre fuite plus tôt, tu n'aurais pas cherché d'autres hommes avec qui baiser, d'autres hommes à emmener dans la boîte aux chaînes hi-fi dépareillées, celle à l'est jouant de la musique occidentale et celle à l'ouest passant des cassettes persanes.

Et me voilà soudain percuté par l'idée que j'ai survécu à Sumac et que, par conséquent, je t'ai gagné. D'une certaine façon, j'ai quand même perdu, parce que je ne peux pas demander au jeune homme quel amant tu es avec un autre. Les médecins ont dû te dire qu'il était mort quand tu as repris connaissance. Il avait sûrement encore du vert sur les dents.

Le père de Sumac me lâche et se blottit contre la cage des hyènes pour pleurer. À travers ses larmes, il fixe le rebord d'une poubelle, humide des fonds de gobelets qu'on y a jetés. Il pulvérise le réceptacle et, la main dans un linge en coton, gratte les côtés de ses ongles – c'est toujours quelque chose à faire.

Un amour comme le nôtre fait tomber tous les fruits du pêcher. Un amour comme le nôtre fait succomber les autres amants. Ton flot de larmes s'explique à présent. On t'a attrapé. À cause de cela, à cause de toi, un jeune homme a été tué. Je ne peux pas faire semblant d'avoir de la peine pour lui. J'en ai et je n'en ai pas. Sa mort est une perle de plus que nous poussons sur le chapelet. Il y a de l'espoir pour notre pacte.

22

Pas de réponses après plusieurs coups. Un passe-partout m'ouvre grand la porte de Leyli. Tous les rideaux sont tirés.

« Tiens, tiens, tiens », dit-elle. Elle est plus ecchymose qu'être humain. « Du baume pour mes yeux. J'en vois de toutes les douleurs, tu sais. »

Elle a complètement débarassé les tables de chevet et les commodes, y compris de la télévision et du téléphone. Même le matelas est sorti du sommier, bien que la jupe de lit soit toujours en place. Les lampes reposent à la diagonale contre les murs. Elle n'est pas la même sans sa cour de romantiques dégoulinants de flatteries, de compositeurs minimalistes et de philosophes soucieux d'étaler leur capital social. Il n'y a plus de tableaux aux murs, peut-être une façon de contrer la claustrophobie. Posée sur le lit, la photo d'un homme sur scène tenant des pivoines et une partition. Une vieille photo, Leyli dans son apparence d'alors.

Elle cherche des yeux son étui à cigarettes parmi les décombres. « Je voulais une naissance comme celle de Vénus. Venir au monde dans un coquillage. » Je change l'eau d'un vase de laurier-rose, bien que ça ne serve à rien. Les fleurs sont mortes. « Tout le monde disait que je ferais une très belle femme. Mais regarde-moi. Je suis hideuse.

– Tu n'es pas hideuse. Tu ne vois que l'entre-deux. » Ce sont les hématomes, je lui dis : « Tu t'étais sans doute imaginée directement à un gala, pas en train de respirer dans un sac en papier jusqu'à ce que les analgésiques fassent effet.

– Qu'est-ce que tu fous là ? » Elle n'est pas d'humeur à recevoir de la visite ou à simuler la gentillesse. « Ce n'est pas un peep-show, ici. »

J'hésite à lâcher la vérité, mais que dire d'autre.

« Tes comprimés. Je suis venu refaire mon stock. »

Elle essaie de traiter l'information. Quand ça fait tilt, ses yeux et sa bouche se rétractent. « Alors c'est toi, le voleur ?

– Désolé.

– Je m'étonne que tu ne puisses pas te procurer de l'œstrogène chez une de tes sources.

– Je n'ai pas de sources. Toutes les drogues que je possède ont été volées au hasard de bagages.

– Tu pourrais aller voir un médecin. Demander ces cachets par leur nom.

– Je ne peux pas.

– Pourquoi ?

– Je ne veux pas que ça se sache. »

Elle le prend comme une attaque personnelle. Elle boitille jusqu'à la salle de bains et revient avec des munitions.

« Prends-les. Prends-les tous ! » Elle me jette dessus les flacons en plastique orange. Ils me frappent le torse avec une intensité variable, selon là où les médicaments se sont rassemblés. « J'adorerais voir le genre de femme qu'un misogyne comme toi donnera.

– Je ne déteste pas les femmes. Je baise des hommes, c'est tout.

– Ça n'empêche pas. Je le sens à tes mouvements, à ta façon de parler. Tu veux des cachets gratuits ? Sauf qu'on n'a rien pour rien.

– Peut-être qu'il y avait quelque chose que je détestais chez ma mère. Pas à cause de son sexe, je ne crois pas. À cause de sa passivité face à sa situation. Elle n'a jamais envisagé de quitter mon père.

– Ah ? » Elle est surprise que je me livre.

« Quand mon père ou mon frère ont été violents envers moi, elle n'a rien fait pour me protéger. Elle les a laissés me frapper, me chasser. Alors ce rêve d'un amour incomparable pour ma mère, cet espoir de réconciliation, il n'existe pas. Tout ce que j'attends d'elle, c'est rien. Et rien, c'est ce que je reçois.

– Tu ne peux pas lui en vouloir de ne pas avoir les mots.

– C'est des conneries, ça. Je peux compatir, bien sûr. Mais elle aurait pu faire plus d'efforts. Ma grand-mère n'avait pas les mots non plus, mais il y avait de la générosité dans ses silences. » Leyli attend des larmes, mais je ne pleure pas. « Ça n'aide pas non plus que Zal soit imparfait. »

Elle s'adoucit malgré elle. « Mon chou, je ne sais pas ce que tu espères. D'autres gens ont des relations plus apaisées. Les circonstances jouent en partie, mais tu as décidé de faire en sorte que ça marche avec lui.

– J'ai détesté tous les exemples qu'on m'a donnés. Trop de souffrance.

– Alors fais mieux.

– Comme toi ?

– Je suis bien trop compliquée pour servir d'exemple à qui que ce soit. » Je ramasse les flacons de comprimés et les pose sur la commode. « Prends tout, dit-elle. Je m'en fiche.

– Tu arrêtes d'un coup ?

– Les cachets, c'est pour les gamins. Je suis une grande fille, je marche à l'aiguille maintenant.

– Des injections ? »

Elle hoche la tête. « Les hormones m'ont donné un avantage déloyal. Quel coup de bol pour un haute-contre.

– Ça s'est passé comment, pour toi ? »

Elle ne s'attendait pas à ce qu'on parle si ouvertement de sa transition. Un instant, elle hésite entre deux options : se vexer ou prendre pitié de moi. Elle choisit la seconde.

« En Iran, c'est un labyrinthe avec beaucoup de Minotaures. Tu as plusieurs points de départ possibles, mais si tu veux une prise en charge financière, tu finis toujours par plaider ta cause devant une série de commissions. Ça peut prendre des mois de convaincre des "spécialistes" que tu as toujours été trans. Ils posent toutes sortes de questions idiotes pour vérifier que tu es assez féminin. Où est-ce que tu te mets du parfum ? Comment est-ce que tu tiens ton couteau ? Comment tu remues le sucre dans ton thé ?

– Ton entretien s'est mal passé ?

– J'ai décidé de ne pas demander d'aide publique et de puiser dans mes économies. De toute façon je suis plutôt le genre de nana à demander pardon après coup. Je ne comprends pas qu'ils rechignent à signer mes nouveaux papiers quand ma fente toute neuve leur rapporte un max de blé.

– Tu vas rester en Iran ?

– Je n'ai pas encore renoncé à cette possibilité. Pendant des jours, parfois des semaines, je me dis que les choses s'améliorent à Téhéran, que l'ordre ancien baisse la garde. Et puis la police des mœurs débarque devant la tour Sepehr et arrête les filles aux voiles trop légers, les garçons trop moulés dans leur pantalon. » Elle secoue la tête. « Et devenir une femme ne facilite rien. La mort viendra quand même nous prendre. »

Elle m'aide à empiler les flacons. Mon reflet pose la question que la peur m'empêche de livrer à l'air ambiant. Et si notre amour ne faisait pas si mal, en voudrais-je encore ?

Leyli gémit de trop de mouvements.

« Ça va ? » je demande.

Elle hoche la tête. « J'ai tellement hâte de pisser sans avoir l'impression d'être une baleine qui crache de l'eau. » Elle rit la première, alors je ris aussi. « Leyli, oh Leyli, dit-elle. Qu'as-tu fait ?

– Dans le conte traditionnel, est-ce que Majnoun ne devient pas fou après la mort de Leyli ? Qui était ton Majnoun à toi ? »

Elle rit encore. « Majnoun, c'était moi. Mon nom d'avant. Je suis devenue Leyli parce que c'était la bien-aimée que j'ai toujours voulu être. Et ton nom à toi, ce sera quoi ?

– Je ne sais pas. Je ne me suis même pas encore maquillé. » Leyli fouille dans son sac à artifices. Elle ôte le bouchon d'un rouge à lèvres dont elle teste la couleur sur son poignet. Elle demande à quoi je pense. « Je suis dans une telle merde, je ne sais pas quoi faire. Je ne veux pas mourir.

– Évidemment. » Elle trouve de l'eye-liner et du mascara, les expose à la lumière et les repose. Une note colorée suffira. « Tu es comme un enfant qui s'accroche à un miroir cassé parce qu'il aime son reflet. Tu ne vois pas que tu saignes à mort de la coupure qu'il t'inflige. »

Elle prend une serviette et s'essuie le poignet.

Bien qu'elle évite la position debout à cause de la douleur, elle me fait signe d'approcher. Elle pose le rouge à lèvres contre ma bouche, à peine, de sorte qu'il n'y laisse qu'une touche de couleur.

« Tu aimes ? » demande-t-elle quand je regarde ses ongles.

Je hoche la tête. « Quel nom il porte, celui-là ? Rouge jungle ? » Elle rit de sa référence à *Femmes* de Cukor.

« Espérons que, comme Joan Crawford, je meure en salope. » Elle tourne délicatement mon visage d'un côté et de l'autre pour qu'il prenne un peu la lumière de la lampe posée par terre. Je reviendrai ici après le départ de Leyli voir si je peux lire sa fortune dans la façon dont le cordon du sèche-cheveux se replie sur lui-même ou dans les marques que son rouge à lèvres aura laissées sur du papier-toilette.

Mon téléphone me fait sursauter. Il vibre. Je ne reconnais pas le numéro, mais je décroche quand même.

« Allô ? » Personne ne répond.

« Tout va bien ? » demande Leyli.

Je sors de la chambre et ferme la porte. Dans le couloir, je guette le moindre bruit à l'autre bout du fil. Des rossignols chantent en arrière-plan.

« Allô ? »

Je l'entends respirer. Un temps, puis elle raccroche. Je sais que c'est elle. Les pilules peuvent être des perles. Les balles, des dents. Avant de retourner dans la chambre de Leyli, je jure que j'aperçois un homme en imperméable passer une tête dans le couloir.

« Attendez », je crie.

Il accélère, j'accélère. Il court. Moi aussi. Il tourne, je tourne. Il se précipite vers l'ascenseur à une allure telle que le tapis plisse sous ses pas. Il en percute le fond au moment où les portes se referment. Je lève les yeux pour voir à quel étage il s'arrête. Deuxième. Je fonce dans l'escalier. Je dois essayer. Au deuxième étage je trouve la cabine vide, portes ouvertes. Aucune trace de lui, sinon une vague odeur de clous de girofle. L'ascenseur est appelé au rez-de-chaussée alors que je suis à l'intérieur. Je me laisse embarquer. Les portes s'ouvrent sur un flot agressif de lumière. Quelqu'un pose la main sur mon épaule. Avant que je puisse faire le point sur son visage, que mes yeux ne s'ajustent, il prononce mon nom.

« Anjir ? »

Je reconnais la voix. Je le salue d'un hochement de tête. L'homme qui me filait a de nouveau disparu.

23

Mon oncle n'enlève pas ses lunettes de soleil pour me dire bonjour. J'ai fait échouer son projet de visite express à l'insu de la famille. Il organise généralement son aller-retour de sorte à être rentré à Los Angeles avant de souffrir du décalage horaire.

Il ne se dégarnit que d'un côté. De temps en temps, la brise balaie dans l'autre sens sa mèche peignée en travers du crâne, une inversion peu flatteuse qu'il tente d'éviter en utilisant de la colle capillaire.

« Tu as les cheveux plus longs, dit-il, presque comme s'il avait lu dans mes pensées.

– Tu es venu en Iran te recueillir sur la tombe de ta mère ? » Je sais que non. Il n'est pas allé au cimetière une seule fois depuis la mort de ma grand-mère.

« Bien sûr. » Un mensonge.

Il fait une grimace de dégoût au passage d'un homme de ménage. Son sourire reparaît à proximité des femmes de chambre, des bagagistes et des sous-chefs, jeunes et le teint crémeux, bien plus clair que moi.

« Je pensais que tu ne travaillais pas aujourd'hui, dit-il.

– Je suis juste venu récupérer quelque chose.

– Parfait. Comme ça, tu vas pouvoir m'accompagner au bazar. »

Un mensonge en appelle un autre. « Avec plaisir. »

Il a loué une voiture flambant neuve, une monstruosité électrique qui fait demi-tour toute seule quand on appuie sur un bouton. Des lumières clignotantes vertes et mauves cabotinent sur le tableau de bord.

« Tu aurais dû me prévenir que tu venais, dis-je, j'aurais nettoyé ton appartement.

– Pas besoin. Je repars ce soir.

– Déjà ? » Je ne suis pas surpris. Il reste rarement plus d'une journée, le temps de s'assurer que les virements sur ses comptes offshores passent bien.

« Tu étudies toujours ? demande-t-il.

– Je lis.

– Mes fils aussi. Toujours le nez dans un bouquin. Tous les Tom Clancy.

– Ces derniers temps, j'ai lu Virginia Woolf. L'intégrale.

– Ah. Elle. Ça fait un moment que je veux…

– Mr et Mrs Dalloway apparaissent dans son premier roman, *Traversées*. Il faudra encore dix ans pour que Clarissa ait un livre à elle.

– Ah oui ? » Il ne sait pas quoi me dire d'autre. « J'ai oublié d'apporter des films de la famille, cette année. Mais j'essayerai de t'envoyer quelque chose par mail. »

Au fil des ans, il nous a régulièrement fait parvenir des vidéos de ses enfants, des fils que j'espère ne jamais rencontrer exhibant leurs voitures décapotables et leurs chaussures de marque, rabâchant d'un ton racoleur que leur maison est équipée d'un escalier roulant. Mon frère restait scotché devant nos cousins en train de construire des modèles réduits de voitures et de se vanter d'avoir une piscine. Il repassait les DVD jusqu'à ce qu'ils sautent.

« C'est toujours les mêmes qui ont du bol », marmonnait-il en mettant sur pause des gros plans de maillots de basket encadrés. Les années fastes, mon oncle nous déposait des sacs de vieux vêtements, toujours trop petits puisque ses fils sont plus jeunes que nous. Il apportait aussi leurs chaussures usées, parfois sans les lacets puisqu'on pouvait, estimait-il, s'en procurer nous-mêmes.

Pendant un temps, j'ai moi aussi envisagé de m'enfuir aux États-Unis. J'ai postulé auprès d'universités étrangères à l'époque où je pensais avoir des dispositions pour les études classiques, comme ma mère. Je dois à mon oncle d'en avoir perdu toute envie. Quitter l'Iran ne l'a visiblement pas rendu moins triste. Et puis il y a l'hôtel et ses clients internationaux : les Américains sont aussi mélancoliques que le reste du monde. Ils suivent peut-être des modes différentes, mais ils portent la même impression de manque. Loin de soulager mon oncle, la distance avec sa famille a toujours semblé lui peser.

« Elle est grande comment, déjà, ta bibliothèque ? je lui demande.

– Eh bien… elle est toujours en construction. » Je sais qu'elle n'existe pas, alors qu'il y a deux salles de jeux dans la maison. « Peut-être que tu peux m'aider. Je cherche de beaux tapis, ce qu'on fait de plus raffiné. L'argent n'est pas un problème. Autant faire travailler ces misérables gredins. Et merde. » Je sens les secousses d'un pneu crevé tandis qu'il prend un virage radical. « Putain de pays. » On dirait que c'est la faute de l'Iran s'il a roulé sur un nid-de-poule. Il se demande quoi faire. Je sors sans réfléchir.

Deux hommes arrêtent aussitôt leur voiture. « Un coup de main ? » propose l'un d'eux.

Mon oncle regarde s'il a de quoi les payer dans son portefeuille.

Je leur fais signe de repartir. « Merci, pas besoin.

– Mais j'ai plein de billets, dit mon oncle, interloqué.

– Ouvre le coffre.

– Vraiment ? »

Tandis que je change la roue, des gamins ramassent par terre les plumes roussies d'indicateurs, des oiseaux arboricoles que je ne verrai jamais. Pour plus de solennité, je glisse tes perles en verre bleu sous mon tee-shirt. Volées à Sumac, elles sont à moi maintenant.

À l'entrée du Grand Bazar, un homme porte sa marchandise sur son dos, un harnachement de pots, tandis que sa femme dénoue une brassée de jacinthes séchées. J'entraîne mon oncle dans la masse jusqu'au secteur des tapis, contournant les amateurs de bronze ainsi que les tonneaux de pistaches, de baies, d'amandes et d'épines-vinettes. C'est trop pour lui, il se fige. Le bazar lui démontre que son argent ne le rend pas d'emblée supérieur aux autres. La foule fait ressortir sa fragilité, surtout quand les chariots des marchands ne le laissent pas passer.

« Quel culot, dit-il d'un homme qui balance une caisse de fruits secs à bout de bras pour qu'on s'écarte de son chemin.

– C'est normal, j'explique. Ici tu ne comptes qu'à partir du moment où tu décides d'acheter. »

Je le guide à travers les étals de myrrhe et d'écorce de cannelle. Un gamin avec une voix de fumeur vend des pommes miniatures et des posters de voitures de course, tandis que sa sœur crée des colliers d'olives séchées avec une élégance tranquille. Mon oncle choisit la toute première boutique de tapis. Le propriétaire y termine sa prière de midi.

« Bienvenue. » Il agrippe la main de mon oncle et lui fait signe de s'asseoir pour le thé.

« Donne-moi de tes nouvelles, cher ami », dit-il alors qu'ils ne se connaissent pas.

Je les laisse et passe devant une échoppe qui vend des milliers d'amulettes contre le mauvais œil. Les pupilles de verre me suivent dans les allées tandis que je gagne le coin des bijouteries spécialisées. Je m'arrête devant un magasin avec une grande banderole figurant la ligne des toits de Téhéran vue de loin. Un faucon géant y est dessiné.

Le bijoutier bâille en réparant deux montres de gousset. Il examine l'une avant de revenir à l'autre avec un tournevis de la taille d'un cure-dent. Il secoue la tête pour se réveiller.

« Maudit machin indonésien. » Il lève les yeux. « Qu'est-ce que tu veux ? » Pas de simagrées.

« Un flingue.

– T'es flic ou tu t'es fait larguer ? Je m'en fous, du moment que tu paies en liquide. » Il fouille dans sa réserve et me propose plusieurs pistolets tirés d'un coffre en bois. Il en exhibe un pour masquer son bâillement, puis en dispose trois dans une vitrine tapissée de satin. « Ils présentent toujours mieux sur fond rouge. Prends-les en main. Soupèse-les. Vois lequel t'appelle. Enfin, t'appelle… Espérons que tu ne t'en serviras pas. » Il me fait un clin d'œil sournois. Le plombage de ses dents est assorti à deux des trois armes. « Tu veux quelque chose de plus gros ? Un automatique ? »

Je choisis le plus ornementé, au placage poinçonné de pétales.

« Excellent choix. » Il me montre comment remettre des balles, comment fermer et ouvrir le barillet. « Tu en veux combien là-dedans pour commencer ?

– Trois. » Une en sommation. Une dans la cuisse. Une dans le front. Il range les autres pistolets et remet les bagues dans leur vitrine. « Vous accepteriez ça en paiement ? » Les diamants marquise de Leyli.

Il pousse un sifflement de surprise. « Eh ben. J'ai pas assez de liquide pour te rendre la monnaie.

– Je reviendrai faire le réassort.

– C'est un beau collier.

– Ouais, un travail d'orfèvre. » Je lève les diamants.

« Je parle de celui que tu as autour du cou.

– Les perles ?

– Je n'en ai jamais vu de pareilles, même ici, où on trouve autant de couleurs qu'il y a de villes dans le monde. Mais pas ce bleu d'Ispahan. Tu y as déjà été ? »

En un mot comme en cent : « Oui. »

À Darband, mon oncle et moi nous installons au bord de l'eau. Je suis souvent venu ici. Mon grand-oncle s'est tué à quelques kilomètres de là, en lavant ses tapisseries sur la berge. Il avait mis à tremper un tapis de soie afin que le courant emporte les saletés ; il le piétinait délicatement pour encourager le processus par un peu d'agitation quand il a glissé et s'est fracassé le crâne contre un rocher. Le tapis s'est teinté de son sang avant d'être emporté un peu plus loin. Je crois qu'on peut dire que la famille a la malédiction des pierres.

L'eau fait exprès de réfléchir trop de lumière pour embêter mon oncle. Je lui démarre un narguilé. À cette heure, la ville espère en silence que le brouillard de pollution qui encombre le ciel ne va pas se densifier. Mon oncle promène dans son assiette son poisson amer et son chou fermenté.

« J'ai failli avoir une attaque de panique dans le bazar. C'est que… ça fait tellement longtemps. J'ai l'habitude d'aller à la banque et à l'hôtel.

– Tu aurais pu envoyer un de tes fils ? » Une blague. Jamais ils ne viendraient. « Ils ne parlent donc pas farsi ?

– Je ne leur ai pas appris. À quoi bon. » L'espace d'un instant, une toute petite seconde, il baisse la garde. Quelque chose dans le thé, plus de cardamome que ce qu'il boit d'ordinaire. « Quand on était enfant, on venait ici après les fêtes du Nouvel An. » Il contemple les rues pleines de boue. « On pouvait acheter des paquets d'herbes sauvages pour les faire brûler. Le seul fagot que j'ai allumé s'est envolé. Ta mère lui a couru après en riant. Ce n'est pas comme s'il y avait eu des bâtiments alentour qui risquaient l'incendie, mais, dans mon stress, j'ai eu peur que le ciel ne prenne feu.

– Ma mère n'a jamais rien célébré avec nous.

– Vraiment ? C'était la fête préférée de ta tante. » Il marque un temps car il n'a jamais eu à parler d'elle comme de la tante de quelqu'un. Il n'a même jamais dit à ses enfants qu'il avait eu une autre sœur que ma mère. Il remue son verre de thé pour bloquer toute émotion. « Tu as déjà jeté des graines de lotus par-dessus ta tête ?

– Non.

– Pas même pour te porter chance ?

– Je n'ai jamais cherché la bonne fortune.

– Quelle fortune cherches-tu donc ?

– Celle d'un autre, n'importe qui. »

Une fois le repas terminé, il me conduit à son appartement. Il a beau m'assurer qu'il ne restera pas longtemps, je m'inquiète de l'état dans lequel j'ai laissé les lieux. Il y a eu du passage dans l'entrée de l'immeuble. Ça se sent à une certaine chaleur, plus intense dans l'ascenseur, semblable à l'odeur légèrement poudrée de nos mères, à leur première couche de maquillage. Nous nous arrêtons devant la porte de l'appartement : du sang sur le tapis, une éclaboussure solitaire.

« Attends. »

Je fouille le couloir, guettant les yeux qui pourraient surgir à chaque tournant ou nous épier par des trous jusque-là inexistants. Il n'y a personne. Rien qu'une menace diffuse.

24

L'appartement est sens dessus dessous. Quelqu'un a promené un couteau en une ligne précise le long des quatre murs. Peut-être l'intrus s'attendait-il à déceler une trappe menant à un contenu plus accablant encore. À moins qu'il n'ait espéré qu'une rafale soudaine couperait l'immeuble en deux et emporterait la partie supérieure.

Si seulement les voleurs avaient mieux à faire qu'éventrer des coussins et casser des charnières de réfrigérateur. Une traînée de sang conduit au balcon. Je me penche et je vois un chat noir à la queue demi-pelée qui gît là, festin offert à une légion de mouches. Autour de lui se dessine une bulle de dialogue rouge. Quelle fin comique. Un haut-le-cœur fait remonter ce que mon corps m'autorise à cracher de plus profond.

Je fouille la chambre pour retrouver les bijoux volés aux invités de Leyli. Je sors les tiroirs de leur cachette. Tout a disparu, or et pierres précieuses, tout sauf les diamants que j'ai troqués contre un flingue. À la place, il y a une enveloppe à bulles contenant une petite liasse de photos. Les sites ont beau varier – Tochal, l'avenue Valiasr, le bazar de Tajrish –, ce sont toujours des photos de nous. Dans des poses banales. En train de marcher, de rire, de jouer l'hétérosexualité. Mais je m'arrête sur un cliché où figure une grande roue. Près du parc Eram, on m'a photographié à genoux. Avant de paniquer à l'idée d'avoir été surpris par un téléobjectif – la preuve entre mes mains –, je ne peux m'empêcher d'admirer ton expression. C'est moi qui ai fait ça. J'en suis la cause. Il n'y a rien de plus puissant que le plaisir sur ton visage.

Je repousse les tiroirs quand mon oncle me rejoint. Il se tient sur le seuil, dans un mélange de panique et de sollicitude. Je fais de mon mieux pour qu'il ne voie pas le chat mort d'un regard par-dessus le garde-corps du balcon. Je n'ai pas envie d'avoir à l'éventer jusqu'à ce qu'il retrouve ses esprits.

« Je suis navré, dis-je en lui prenant le bras pour l'entraîner loin de la chambre.

– Le sang…

– Ça va aller. » Moi-même je n'y crois pas. « Fais-moi confiance. Personne ne va piller ton hôtel.

– Ce n'est pas ça qui m'inquiète. »

Je plaisante : « Tu dois être assuré. »

Il ne rit pas. « Qu'est-ce qui peut bien provoquer une telle violence ? »

Moi, mon vieux. « Je n'ai pas de chance, c'est tout. »

Ispahan n'est pas si loin. Y serons-nous à l'abri de ceux qui nous surveillent ? La pensée me traverse comme une machette un mur d'appartement, une lame un chat noir.

« Tu ferais mieux d'habiter chez ta mère.

– Peut-être.

– S'il te plaît. » Il plonge la main dans son portefeuille. « Je ne sais pas quoi te donner d'autre. » À cet instant, je sais qu'il se sent coupable. Il se dit qu'il aurait pu m'épargner cette vie. « Ça va aller ? » De toutes les questions qu'il pouvait poser, c'est bien la plus conne.

« Mais oui. »

Il regarde mes cheveux, plus longs que jamais. « Tu lui ressembles vraiment. À ta tante. »

Sauf que moi, j'aurai de la chance. Je vais m'en tirer. Nous serons des amants vivants, toi et moi, et non les personnages d'une histoire racontée par d'autres en guise d'avertissement.

« Ce n'est jamais facile, de partir, dit mon oncle sur la route vers chez ma mère. Je voudrais faire venir mes fils pour qu'ils me voient quelque part où ils ne pourront pas se moquer de mon accent. Ici, je peux répondre au téléphone sans me faire de reproches après coup. C'est bizarre d'être propriétaire d'un hôtel, de travailler à ce que d'autres se sentent chez eux là où soi-même on n'est plus chez soi. »

Il s'arrête devant l'immeuble de ma mère.

« Viens dire bonjour. Maman serait heureuse de te voir.

– La prochaine fois.

– Ouais. Bien sûr. »

Ma mère jette un œil par la fenêtre de sa chambre. Il s'éloigne sans même un regard. Elle m'ouvre la porte et reprend la conversation, comme si je n'étais pas parti. « Je vous ai parlé du cobra qui a provoqué l'Œil-Déesse avec du feu ? » On dirait du sang à l'arrière de sa tête, une tache qui traverse son foulard et s'élargit.

« Tu saignes ? »

Elle se découvre. « Ah bon ? »

Elle n'a presque plus de cheveux. Son crâne est plein de coupures de rasoir, la chair à vif. Une lame attend dans une tasse. Paniqué, je me précipite pour éponger le sang qui lui coule dans le cou et enlever les cheveux tombés sur ses épaules, son tablier, son chemisier.

« Pourquoi tu t'infliges ça ?

– C'est de la recherche. Je voulais voir si la Gorgone pouvait couper ses propres serpents. »

La peau de son crâne est tellement sèche que j'en ai mal. Si j'appuyais sur une plaie, je ressentirais exactement la même douleur au même endroit. Je l'assois sur un tabouret dans sa douche pour raser les zones qu'elle a manquées. Je pose sur sa tête une main pleine de mousse.

« Ça fait mal ? je lui demande quand elle tressaille.

– Non. C'est froid, c'est tout. »

J'attends que l'eau du lavabo se réchauffe, puis je me savonne à nouveau la main. Elle n'a pas l'habitude qu'on la touche et je n'ai pas la délicatesse qu'il faudrait. Je croyais ne plus avoir à être le fils de qui que ce soit.

Tu m'as un jour aidé à me raser la tête pour les tenir à distance, ceux qui ne me quittaient pas des yeux dans la rue parce que j'étais un peu efféminé. « Mieux vaut ne pas attirer l'attention », avais-tu insisté. Ça expliquait peut-être le couteau au-dessus de ma tête. J'avais quitté ma famille avant que le sang ne sèche sur le tapis. Et débarqué chez toi pour te demander de l'aide.

« *Hello, stranger*, avais-je dit tandis que tu t'occupais de mes cheveux.

– *Strange hello* », avais-tu répondu.

De ton petit doigt enveloppé dans une serviette humide, tu avais essayé de nettoyer le sang déjà sec sous mes yeux. Il s'était un peu écaillé. Je n'aurais pas su dire d'où il venait : un sourcil fendu, qui piquerait chaque fois que je le froncerais ? Tu faisais en sorte de pleurer quand j'avais les paupières baissées. J'aurais voulu te dispenser de toute culpabilité. Au lieu de quoi j'avais fermé les yeux plus longtemps pour que tes larmes coulent en privé.

« Qu'as-tu donc fait ? » Tu avais demandé ça comme si c'était ma faute. Comme si j'avais trébuché exprès sous les mains de mon frère au moment où il s'apprêtait à poignarder le vide.

Je ne sais pas ce que j'ai bien pu faire. Mais quoi que ce soit, c'était pour toi. Tu m'avais assis dans la douche et tu m'avais rasé la tête. Et voilà que je fais de même pour ma mère.

« Vous ne me jugez pas ?

– Non, mère.

– Mère ? » Elle rit. « Quel mot déglingué. Je dois beaucoup à l'étude de la mythologie. Les versions des mythes varient, comme les questions de pudeur en traduction, mais tout ce qu'on peut vouloir apprendre sur la nature humaine a déjà été formulé. »

Je nettoie les bords du lavabo. Les cheveux de ma mère flottent autour de la bonde, comme les couches de peau qu'elle a arrachées. Mes propres cheveux sont coiffés vers l'arrière. Elle marque un temps, puis va chercher quelque chose dans sa chambre.

« Vous voulez bien faire plaisir à une vieille dame et mettre ça ? » Elle me tend un voile, celui qu'elle porte pour prier. Du coton blanc, avec des marguerites et des canards rouges, jaunes et bleus. « S'il vous plaît, donnez-moi du thé. » Elle désigne une théière froide sur sa commode.

J'essaie de m'exécuter sous le voile. Je verse à côté. Le linge absorbe les gouttes.

« Recommencez. » J'en mets plus sur la commode que dans la tasse ébréchée. Le voile n'arrête pas de glisser. Peut-être finirai-je par savoir garder le tissu en équilibre sur ma tête – plus difficile qu'un livre. « Encore. » La théière est vide.

« Il y avait un gamin du quartier qui s'appelait Zal », lui dis-je. Je ne sais pas trop ce dont elle se souvient. « Le connaissais-tu ? »

Elle m'arrache le voile avec une dextérité de prestidigitatrice, le replie prestement et en tire un autre de son tiroir, en dentelle cette fois. J'en coince une extrémité dans ma poche, près du pistolet, pour le stabiliser.

« Oui, dit-elle. Je crois que je me rappelle. » Le souvenir illumine son visage. « Il était proche d'un de mes fils. Ils passaient des heures devant le miroir, assis sans bouger. Je n'ai jamais compris pourquoi. » Parce que le cadre du portrait de mariage de mes parents était rond. Nous essayions de poser en mari et femme. Nous existions discrètement dans deux mondes. Non. Pas encore.

Je pense à ma conversation avec Leyli. Je découvre sous un jour nouveau que j'ai de la peine pour ma mère. Elle a vécu entre deux possibles. Elle est restée avec un homme qui ne l'aimait pas assez parce qu'elle n'avait personne pour la défier de partir. Sans toi, j'en serais peut-être là. Soudain, le raclement du portail. Ma mère sursaute, un mouvement familier. Mon frère est de retour.

25

Elle regarde autour d'elle pour voir ce que mon frère est susceptible de remarquer en entrant. Il verra peut-être que la porte de sa chambre est ouverte, comme si elle était allée y farfouiller. Elle la referme avant que je puisse observer trop longtemps les preuves du penchant de son occupant : des pyramides de gobelets en carton déchirés, des tas de pages froissées arrachées à des livres dont il a estimé qu'ils le provoquaient et des bris de tirelires en porcelaine, celles avec lesquelles les enfants quêtent pour de bonnes causes.

« Cet homme cruel, murmure-t-elle.

– Il n'est pas moins dangereux, maintenant ?

– Pas quand il arrive en faisant autant de bruit. »

Elle a raison. Le portail malmené. La portière qui claque. Et la porte d'entrée, et les placards. Tant d'agressions souillent l'appartement. Je reste dans la chambre de ma mère et j'observe, en partie par crainte, en partie pour étudier ses gestes de loin. Il se déplace frénétiquement, impatient qu'il est de pouvoir mettre en gage ce qu'il trouvera. Il s'arrête de temps à autre pour plier et tendre le bras, histoire de s'assurer que ses veines sont toujours là. J'embrasse l'immobilité. Parce que je porte un voile et que je suis à contre-jour, il me prend pour ma mère. Ou pour ses rideaux. En replongeant, il a sacrifié sa vision périphérique.

« Il doit y avoir quelque chose », marmonne-t-il dans sa barbe tout en cherchant quoi vendre. Il ne reste d'or que celui du soleil, qui donne aux coussins une apparence métallique et à la table basse celle du bronze. Trompé par la lumière, il s'en saisit et les fourre dans sa voiture, avant de revenir augmenter son butin. Il laisse échapper un juron en découvrant la lame et la tasse souillée dont ma mère s'est servie pour se raser la tête. Ses grognements font tinter toutes les poignées de porte. Je refuse de fléchir. Il jette un objet au sol.

« Tous ces livres, putain ! » dit-il quand il en trouve dans le four.

Il prend pour un serre-livre un gros volume sur Cléopâtre et son aspic. Il va le flanquer dans sa voiture et met le contact avant de rentrer poursuivre son pillage. C'est l'occasion rêvée de faire main basse sur les bouquins. Il doit bien y avoir une première édition quelque part.

« Un truc rare.

– Par pitié », dit ma mère. Elle quitte le coin de sa chambre pour défendre ses livres. Il s'en fiche.

« Ça compense tout ce que je t'ai acheté. »

Tant qu'il y est, il se souvient du matériel électronique qu'il n'a pas encore vendu. Il plonge dans le placard près de la salle de bains, attrape le magnétophone et sort violemment une cassette en tirant sur le ruban magnétique.

« Non, supplie-t-elle. Je vous en prie.

– Laisse ça », dis-je depuis la chambre. Je tiens à protéger ces enregistrements. Ils témoignent d'une part de notre mère que nous avons perdue.

Il finit par prendre conscience de ma présence. Passant la tête dans l'embrasure de la porte, il me voit sous le voile qui s'est relâché. Il plisse les yeux pour vérifier que c'est bien moi, puis s'abandonne à sa rage.

« Qu'est-ce que tu fous, putain ? »

Il renverse un vase ébréché – une tactique d'intimidation. Je ne bouge pas. J'ai failli tressaillir, mais c'est hors de question, pas si c'est la dernière fois que je le vois. Je ne serai bientôt plus là. Il agrippe le voile. Me l'arrache. M'arrache en même temps une mèche de cheveux. Le pistolet s'accroche à la dentelle dans ma poche. Il tire sur le tchador et l'arme vient avec. Il emporte le tissu vers le jardin sans remarquer le poids du métal – voilà pourtant enfin quelque chose qui aurait de la valeur.

Je le suis pour récupérer mon flingue. Il emprunte le couloir sombre longeant les chambres et la cuisine, traverse le salon et pousse la porte coulissante qui mène dehors. Je le rattrape, j'enroule le voile autour de mon poignet et je me laisse tomber dessus. Le poids le fait céder. Je libère le pistolet de la dentelle, la déchirant un peu au passage, et le fourre dans ma poche. Ma position par terre fait rire mon frère. Les plaies sur sa bouche sont des chambres d'écho. Il attrape le grand briquet qu'on utilisait pour un barbecue vendu depuis longtemps et veut mettre le feu au voile.

Un feu en biais, dans le jardin en pente. Il lâche prise quand les flammes gagnent sa manche. Le tissu se rétracte. Il ne bat pas des mains pour écarter la fumée. Il se tourne plutôt vers moi. Vise mon visage. Son poing dans mes dents. Je sens un goût acide en tombant à la renverse.

« Bien mérité. » Il me frappe avec la jalousie d'un amant car ce n'est pas seulement lui que j'ai trahi, mais aussi l'image qu'il avait de lui-même. Il rit. « T'aurais dû voir sa gueule. » Même ses trépidations trépident.

Je me redresse et crache tant bien que mal. « La gueule de qui ?

– Je sais à quel point il compte pour toi. Ça, il fallait le détruire. » Il voit bien que je ne comprends pas. « Zal. Je l'ai vu. Devant le glacier. Je savais que c'était lui. J'ai fait mine de ne pas le reconnaître, mais je savais. Il a hoché la tête, je te jure, comme s'il me donnait la permission.

– Tu mens.

– J'étais soulagé qu'il soit avec quelqu'un d'autre, et pas mon propre frère. Mais te voir comme ça maintenant, dans cette posture, ça me dégoûte. Ceux avec qui j'étais les ont cloués au sol. Un coup de pied au moins est venu de moi. »

C'est un tour qu'il me joue. Pour que je sorte de mes gonds.

« Il m'a donné la permission. » Tant de sérieux dans sa voix. Je sais qu'il est sincère.

J'intègre ce qu'il a fait, l'animosité dont il t'a fait cible pour me protéger et m'anéantir à la fois. Nous serons cause d'un peu plus de violence ce soir. Je pourrais utiliser mon arme. Au lieu de quoi j'attrape mon frère de la main gauche et le frappe de la main droite. Le tchador avale les flammes en se consumant près de nous.

Un seul coup et je pars. Une cartographie sanglante me coule du nez : l'Équateur, l'Albanie, Nairobi. Tous ces endroits où nous pourrons aller, dès que je t'aurai retrouvé.

26

Le cyprès devant la maison de ton enfance a tellement poussé qu'il en bloque presque l'accès. Depuis la rue, on distinguait toujours ta tante assise dans le noir. Sa silhouette semblait parfois plus sombre que le reste de la pièce, même dans l'obscurité la plus complète. Elle s'installait de biais pour voir tout ce qui se passait dehors, dans ce monde qui lui apportait rarement la moindre joie. À mesure que l'arbre grandissait, elle ajustait la position du fauteuil.

De là où je me tiens devant la maison, je constate qu'elle s'est déplacée de plusieurs dizaines de centimètres pour conserver le plus de visibilité possible.

Comme ton père et elle n'avaient pas de lien de sang, elle gardait toujours son foulard à l'intérieur. Et quand elle se coupait les cheveux, elle les cachait dans une boîte de thé Ahmad Chah, la marque au canard sur l'étiquette.

« Et une fois par mois, disais-tu, elle creuse un trou dans le jardin pour enterrer ses cheveux. » Sa dévotion était telle qu'elle voulait sans doute épargner ça au soleil. « Elle en tresse une poignée, les noue avec un ruban et puis coupe tout. »

Nous avions bien essayé de déterrer les boîtes parmi les nombreux monticules qui bordaient le jardin, mais après une dizaine de trous, nous avions abandonné. Par solidarité, les cheveux s'étaient sans doute agglomérés en pierre. Je passe devant ces trous, comblés depuis longtemps, en rejoignant notre cachette.

Ta tante ne t'a jamais fait dormir à la cave, mais, pour rire, nous faisions semblant de croire à ton bannissement au sous-sol. Une ruche est toujours accrochée aux gonds de la porte, simple assemblage de planches. J'essaye de me frayer un chemin dans le noir aussi doucement que possible, même si la plupart des abeilles sont rentrées pour la nuit. Nous nous amusions à imaginer qu'un trou bien placé dans le plafond de la cave leur permettrait de monter dans les étages et d'attaquer ta tante, de sorte que la maison serait à toi, et plus à elle.

Je me dirige vers ton bureau souterrain à la lumière de mon téléphone. Les tiroirs sont vides, non parce que tu as supprimé les souvenirs qui s'y trouvaient, mais parce que tu n'as jamais été attaché aux papiers, contrairement à moi qui gardais des marque-pages, des bouts de recensions d'essais sur Althusser, des vers d'Attar de Nishapur et des pages arrachées au script de *Pour toi j'ai tué* que tu m'avais fait lire. À la fin de chaque année scolaire, tu jetais tous les documents éphémères. Aucune preuve ne mène de toi à moi.

Les rossignols de ta tante se taisent quand je frappe à la porte. Leurs cages se balancent à mon entrée. Chacune est couverte d'une dentelle épaisse.

« Qui est là ? » demande la vieille femme dans le noir. Je me place dans la lumière de la rue. Elle est contrariée que ce ne soit que moi. « Tu as l'air d'une énigme à demi résolue. »

Je baisse mes manches pour cacher les poils de mes bras, dont je jurerais qu'ils sont déjà plus doux.

« Savez-vous où est Zal ? »

Elle fait un grand sourire. « Tu poses toujours les mêmes questions. Toujours à lui courir après. C'est drôle, je ne l'ai jamais vu courir après toi.

– C'est drôle, je n'ai jamais vu personne demander après vous. »

Tu m'avais expliqué qu'elle avait été amoureuse, jadis. Fiancée. Et puis un corbeau lui avait foncé dessus, le bec droit dans l'œil.

Elle désigne le service à thé à côté d'elle. « Tu lis toujours l'avenir ?

– Pourquoi ? Vous voulez connaître le vôtre ?

– Inutile. Cette vie n'a qu'un seul chemin. Encore que tu doives certainement voir toutes sortes de catastrophes. » Elle sourit. « Le deuil te va bien, mon cher.

– Je suis donc en deuil ? » Sait-elle où tu es ?

« Tu devrais. »

Son phrasé indolent me rappelle la fois où tu as dit : « T'aimer, c'est verser du sang dans le puits de l'oubli. »

Je la laisse à sa solitude. Une fois dehors, j'entends le son emphatique des ciseaux sur sa tresse. Si jamais je devais revenir ici, je sais que le cyprès aura totalement éclipsé la porte d'entrée. Peut-être ta tante aimera-t-elle autant.

Les fontaines de Haft-Hoz se figent – toutes les sept – le temps que j'arrive à l'appartement que tu partages avec ta femme. La ville entière s'arrête, même les geais connus d'ordinaire pour leur vol lyrique. Je passe devant le miroir d'une tête de lit posé contre une poubelle. Les longs pieds en bois ploient sous le poids du verre. Peut-être le résultat d'années à écouter des conversations privées sans pouvoir les répéter. Quand j'arrive à ta porte, le temps repart. Un démarrage en trombe. Les fontaines jaillissent un peu plus haut, jusqu'à ce que l'eau retrouve un équilibre – le temps tel qu'il est, pas tel que je voudrais qu'il soit.

C'est la rancœur qui m'avait poussé à t'offrir des rossignols, les mêmes que ceux de ta tante. Ils gazouillent quand je m'approche de l'appartement au cinquième étage. Ils voient clair dans mon jeu.

27

Notre dernière séance de baise a été la plus brutale. J'ai parlé de tuer ta femme. Tu as mis ta main sur ma bouche quand j'ai opté pour le scénario le plus simple, même si je ne me souvenais pas de quel film il venait. Un collier cassé dans la baignoire. On pouvait disposer son corps de sorte à donner l'impression qu'elle avait glissé et s'était cogné la tête. Ou lui faire prendre des somnifères dans son bain, pourvu qu'elle sombre. En ajoutant des bouteilles de gin vides, on réduirait le risque d'enquête. Ta main sur ma bouche, ce n'était pas pour me faire taire. Tu t'es mis à me baiser plus vite.

Je me dis parfois que ton mariage est le résultat d'une dispute, un jour, entre nous. Tu étais parti, revenu, et là tu m'avais annoncé tes fiançailles. « C'est une femme bien, vraiment. Le genre de personne avec qui j'ai tout intérêt à finir. »

Il m'était insupportable de t'imaginer avec quelqu'un d'autre. Mon cerveau a fait ce qu'il fallait pour me protéger. Je n'ai rien ressenti. Le détachement est devenu ma meilleure carte. Dans mon délire, mes os ont renoncé à toute structure.

Ce jour-là tu m'as nourri, comme tu l'avais déjà fait à l'occasion d'une mauvaise fièvre. J'ai suivi de mes yeux vides la cuillère avec laquelle tu récupérais le potage qui me coulait sur le menton. Tu étais surpris de ma surprise, surpris que je ne hurle pas, que je ne me roule pas par terre. Tu as posé le bol de soupe d'orge et tu m'as embrassé, comme si ça suffisait à défaire ta décision d'épouser une autre que moi.

« J'ai hâte de la rencontrer », ai-je dit quand j'ai bien voulu retrouver la parole.

Je me suis demandé si nous allions arrêter de baiser.

Mais non. Cette nuit-là je t'ai murmuré des choses qui paraîtraient insipides aujourd'hui, mais qui, alors, t'avaient fait jouir plus vite : est-ce qu'elle aussi fait ça avec toi ? Est-ce qu'elle te laisse la mettre là ? Est-ce qu'elle sourit, est-ce qu'elle gémit, est-ce que ça l'excite quand tu pleures ?

Tu as répondu par une décharge si puissante que c'était comme un coup de poing sur mon front. J'ai ri. « Tu vas me faire un œil au beurre noir. »

« Salope », me suis-je dit quand j'ai rencontré Mahtob. C'était un choc de lui être présenté, une saleté de ta part. Elle était riche. Je le voyais au logo Dior sur son foulard, son sac à main et ses chaussures, tous du même rose pâle.

« Heureuse de rencontrer quelqu'un qui a connu ce chenapan quand il était petit. » Elle t'a ébouriffé les cheveux depuis l'autre côté de la table.

« Nous ne méritons pas tant de bonheur, as-tu dit avec insistance en exhibant l'annulaire de ta femme.

– Vu tout ce qu'il a traversé, a-t-elle enchaîné. Il n'y a plus que lui et sa tante, maintenant. Il mérite une dose proportionnelle de joie. Je parie qu'il a toujours cherché la femme entre toutes, celle avec qui vieillir et mourir. »

J'ai souhaité qu'elle vieillisse et qu'elle meure sur-le-champ.

Après lui avoir serré la main – la poignée la plus molle que j'espère jamais connaître –, j'ai baissé les yeux sur ma pitoyable chemise, un tissu fin pour que tu ne quittes pas des yeux mon cou où ta main concluait toujours notre intimité. Une piètre tentative de séduction. J'ai pensé à ce qui ne se dresse plus après la mort, obnubilé que j'étais par ton sexe.

Mahtob s'est penchée vers moi en diagonale pardessus la table. « C'est vrai que ton père était bigame ? » Allez savoir, elle a tout de suite opté pour l'humiliation.

Je me suis senti oublié, un secret dont tu ne reparlerais pas. J'ai voulu renverser la situation, puisque tu croyais m'éconduire. Mais j'ai surpris ton regard qui descendait le long de mon cou vers mes clavicules, ma poitrine. Ce n'était pas fini entre nous.

Mahtob faisait la tête parce qu'on ne nous avait toujours pas apporté d'eau.

« Le service laisse franchement à désirer. » Sans doute était-elle habituée aux hôtels où des hommes, serviette sur le bras, exécutent un ballet d'amabilités. Tu as tressailli quand j'ai glissé ma main dans la poche de ton pantalon. Elle n'a pas remarqué. « Tout est en mode buffet ? » a-t-elle demandé en se retournant.

Femme distraite. Elle avait des questions sur le plat du jour, des brochettes de viande grillée à la menthe fraîche. Tandis qu'elle regardait vers la cuisine pour attirer l'attention d'un serveur, j'ai visé ton entrejambe d'un jet de salive visqueuse. Toujours ce même culot. La bosse a enflé encore un peu. Je peux garder au bout de ma langue un épais filet de bave. Comme tu t'étais aperçu que je ne savais pas bien cracher, nous nous étions entraînés en prenant pour cibles des escargots. J'ai fini par choper le truc, parvenant à une maîtrise spectaculaire dédiée à la bite.

Je n'ai pas éprouvé la moindre culpabilité en posant la main sur la tienne sous la table de restaurant. C'était ta faute, puisque tu t'étais assis à côté de moi, en face de ton épouse. T'imaginer au lit avec elle en train de lui révéler mes secrets justifiait de desserrer ta ceinture. Mahtob a bataillé avec son menu, manquant de le faire tomber. J'aurais aimé voir sa tête si elle m'avait surpris à te malaxer le sexe à travers ta poche. Ce sexe qui m'appartenait comme il ne lui appartiendrait jamais.

Son plaisir, c'est à moi qu'il le devait. Tu n'aurais pas pu crier au scandale sans admettre que ce n'était pas la première fois que je te caressais la queue.

« Vraiment, a-t-elle maugréé. Je vais mourir de déshydratation. »

Tu as hoché la tête. « Ils ne vont pas tarder. » C'était délicieux de te voir lutter pour parler d'une voix ferme tandis que, de mon pouce, je frottais le bout de ta bite. Tu as posé une serviette sur tes genoux, puis saisi un menu pour couvrir ton érection quand il a fallu te lever pour aller te plaindre du service. Du précum avait filtré à travers ta poche. Je me suis léché les doigts d'une façon qui, certainement, a révulsé Mahtob. Le goût n'a fait qu'aiguiser mon appétit pour ce que tu offrirais quelques heures plus tard à ma gorge. Oui. J'avais toujours du pouvoir sur toi.

28

Ta femme ouvre la porte de l'appartement que vous partagez.

« Je t'attendais. » Elle dégaine toujours ce sourire abominable. Un stratagème. Elle est plus dents que bouche.

Elle gratte le papier-aluminium sous son foulard pour calmer la démangeaison d'une nouvelle dose de décolorant, puis regarde par la fenêtre et désigne un arbre, comme si elle faisait signe à quelqu'un. Elle porte sa robe de chambre, celle que tu lui as achetée. Par obligation, bien sûr. Pas par amour.

« Tu as vu Zal ? » je lui demande. Droit au but.

Elle m'ignore et se remet à s'épiler les sourcils. Du petit doigt de la main droite, elle mesure la distance entre la naissance du nez et chaque arche, pour s'assurer que c'est la même. Ce n'est jamais la même. Avec un soupir, elle arrache quelques poils ici et là. L'espace d'un instant, je me demande de combien ses cils pousseront après sa mort.

« Comment va ta mère ? demande-t-elle avec ce qu'il faut de malice.

– Toujours un peu perdue.

– Ça doit être de famille. Tu connais ta part de péchés.

– Venant de toi, c'est un genre de compliment. »

Sourire factice de part et d'autre.

Le téléphone sonne. Elle répond aussitôt, comme si la sonnerie allait révéler ses secrets. Elle baisse la voix. À son ton, je sais qu'elle parle à un homme. Elle va se cacher à la cuisine. Une fois seul, je mesure la distance entre mon nez et chaque arche. Je m'imagine dans le rôle de Mahtob. Décolorer mes cheveux. Épiler mes sourcils. Rehausser mes lèvres de rouge.

Quand elle a raccroché, elle vient me tourner autour. « Ma pauvre mère. Affreusement malade.

– Tu as vu Zal ? je répète.

– Il a disparu ? »

Elle ferme la fenêtre par précaution, même si les vapeurs de son décolorant nous brûlent les yeux. « J'ai toujours voulu vivre seule. Je n'en ai jamais eu l'occasion. Je suis passée de ma famille à mon mari.

– Je suis sûr que tu te fais plaisir quand il est absent. »

Elle me regarde. Ni plaisanterie ni animosité. « J'aurais voulu qu'il y ait une pataugeoire avant le grand bain.

Avoir le temps de réfléchir à la personne avec qui je souhaitais vraiment vivre. Tu as plus de chance en la matière. Tu peux faire certains choix en toute discrétion. Parce que tu es un homme. Tu as des endroits où aller et tout le temps de décider ce que tu attends de la vie. »

Elle désigne des bagages près de la porte d'entrée. Trois valises aux cadenas argentés identiques. Sur une table d'appoint, je repère un verre sale, que l'accumulation de cellules mortes a grisé. Ton épouse, tout comme moi, collectionnerait-elle les natures mortes de tes rencontres avec d'autres ? Une trace de lèvres s'aligne avec les miennes. C'est peut-être moi, ici, la nature morte, les mouches flamandes sur les pivoines qui nous rappellent à tous les deux la finitude de la vie. À moins que le verre sale ne soit qu'un verre sale. Après tout, ta femme n'est pas quelqu'un de très profond.

« Je ne veux plus être mariée à Zal. Voilà la vérité. Si tu me débarrasses d'une certaine personne, je vous laisserai tranquilles, Zal et toi. Je te dirai même où il est. Gagnant-gagnant.

– Tu n'es pas la seule menace.

– C'est-à-dire ? Tu crois qu'il y a tout un réseau à vos trousses ? Non. Il n'y a que moi.

– Qui a pris les photos ?

– Le photographe ? C'est l'homme avec qui je veux partir.

– Pourquoi tu me racontes tout ça ?

– Je ne risque rien. Si tu révèles mes secrets, je révélerai les tiens. Je voulais ces photos de vous deux parce que j'avais besoin de preuves. Pas seulement des mots. De l'action. Des fluides. » Elle change de ton. « Je refuse d'être coincée, comme ma mère. Par ce type ignoble. Une fois qu'il ne sera plus là, Zal et moi aurons bien cinq millions à nous partager. Sinon mon père nous enterrera tous. Il a une conception très large de la dégénérescence. »

Elle fait glisser ses doigts le long de son cou. Elle et moi avons en commun un désespoir inexorable : nous savons tous les deux que nous vieillissons, que plus nous attendons, moins nous aurons de temps avec ces diables d'hommes que nous aimons. Ce ne sont pas ses mots qui me font fléchir, c'est ce geste, sa main sur son cou, à calculer le temps qui lui reste avant que sa peau ne pende d'un centimètre de plus.

« Tu n'as pas assez d'argent comme ça ?

– Ce n'est rien comparé à ce qu'il laissera derrière lui. Tu n'as jamais rencontré mon père, tu n'as donc aucune raison de t'inquiéter. Penses-y. Vous ne pourrez pas partir en toute sécurité sans mon accord. Tu peux t'enfuir avec Zal, mais moi, je peux facilement mettre un terme à la cavale. Heureusement pour toi, nous avons tous les deux quelqu'un d'autre. »

Elle sent mon hésitation.

« Tu sais où il est ?

– Tu me rends service. Je te rends service.

– J'ai besoin de réfléchir.

– Ne tarde pas trop. Mon père repart à Francfort. » Elle jette un journal sur la table. « J'ai pensé à toi en voyant ça. »

En guise d'argument décisif, elle désigne un article sur la pendaison publique. Celle de la citronneraie.

« Regarde bien, dit-elle. L'affaire familiale. Mon père est le type tout sourire près du tronc. » Il porte une moustache mi-blanche, mi-noire. Si quelqu'un ne risque pas de s'étonner des cruautés intrafamiliales, c'est bien moi. « Facile, comme décision, non ? Une vie contre une vie. La sienne contre la tienne.

– Tu dis ça comme si ce n'était rien.

– Mon père ignore à quel point il nous a facilité la tâche. Il s'accroche à sa voiture par sentimentalisme. Soi-disant qu'il y aurait de la pierre de Persépolis moulue dans la peinture argentée. Il aime les fonctionnalités de luxe du véhicule. Des dispositifs simples, moins sophistiqués que sur les modèles récents. Mais il a ses goûts à lui, ses réglages personnalisés. Les sièges se baissent, les rétroviseurs s'inclinent, la ceinture de sécurité se resserre. Rien de compliqué. Ça s'adapte à qui déverrouille la voiture. Même moi. » Elle sort un double de commande au bout d'une chaîne. Deux simples boutons. Verrouillage, déverrouillage. « Il est tellement têtu, parfois. Il n'a jamais fait attention aux rappels de produit, même quand il y avait des risques.

– En quoi est-ce utile ?

– Le pauvre. La ceinture de sécurité sera bien tendue. Le mécanisme va jusqu'à l'enrouler derrière le siège pour moi. Moi, ça me rassure, mais il est possible que, lui, ça le coince et l'empêche de bouger. Utilise ma clef pour déverrouiller la voiture pendant qu'il conduit. Même si tu es à côté du véhicule. C'est un défaut de fabrication. La ceinture se resserrera selon les paramètres enregistrés pour moi et ne se détachera qu'une fois le contact éteint. Il pourra toujours ouvrir la portière, il restera bloqué.

– Pas suffisant, comme plan.

– Une ceinture de sécurité. Et son thé. Voilà notre recette.

– Du thé ?

– Il agrémente le sien de morphine. Trois fois rien. Il emporte sa théière partout avec lui. Ça le soulage quand il y a beaucoup de route. Ça, et l'autopilote.

– Et tu es sûre ? Tu es sûre que tu veux qu'il meure ? »

Elle hoche la tête. « Certains blasphèmes sont impardonnables. »

Mahtob doit avoir deux rois suicidaires dans son jeu. Elle va se faire couler un bain. Tandis qu'elle est en train de débarrasser ses cheveux de leur papier-aluminium, son téléphone sonne. Je décroche dès la première note.

Je chuchote « Où ? » dans l'appareil.

Quelques secondes de silence. Mon interlocuteur anonyme ne s'attendait pas à ce qu'on réponde si vite. « Comme tu veux.

– Hôtel Azar. Sept heures quarante-trois. Demain. » Je raccroche.

Quand Mahtob revient, je scrute son expression pour vérifier qu'elle ne se doute de rien. J'ai le pistolet dans ma poche. Il serait facile d'en finir maintenant, mais la tuer ne garantirait pas l'héritage. Pas encore. Elle est tentante, l'idée de me débarrasser de toute personne capable de juger ce que tu sais faire de ta bite.

Je marque un temps avant de partir. « Est-ce que, parfois, tu te dis que ce serait plus simple ailleurs ? Un autre pays, peut-être ? Dans une dizaine d'années ? »

Elle reste impassible. « *Aziz*, personne n'échappe à ses démons. » Elle remarque mon collier de perles bleues. Joue avec. « J'ai toujours pensé que c'est avec toi qu'il finirait. Dès notre première rencontre. Je savais.

– Ça m'étonnerait.

– Une épouse reconnaît son rival. »

29

Les meilleures heures de rendez-vous ne sont pas des heures pleines, surtout si c'est une rencontre secrète. Un horaire étrange confère de la spontanéité : six heures vingt-quatre, onze heures dix-sept, sept heures quarante-trois.

J'imagine que l'amant de ta femme sait rester impassible. Mon double inversé, il cherche sans doute comment tuer le mari de sa maîtresse. Peut-être qu'il a réussi, cette fois, et qu'ils sont enfin débarrassés de toi. Tu n'as pas de père ni de mère pour te chercher, et ta tante ne s'en soucierait guère. Il leur suffirait de cacher deux ou trois affaires à toi et de dire que tu m'attends quelque part. Mais Mahtob a d'abord besoin que je lui rende un service.

C'est sûrement lui dans le hall d'entrée. Elle a choisi un homme qui pourrait passer pour toi. Il arrive comme prévu à sept heures quarante-trois, les manches tachées de cendre. Il regarde trois fois sa montre.

Le personnel de cuisine me tend une carafe de café et une tasse.

« Pour lui », dit le serveur. D'un mouvement de tête il désigne le patio où l'amant de Mahtob est affalé à une table, les yeux rivés sur le compotier plein de pommes talées.

Il a posé par terre la décoration florale, sans doute pour évacuer tout sentimentalisme ; les dahlias s'affaissent près de ses chaussettes chics. Ses manches de chemise sont roulées, sa cravate à rayures obliques desserrée. Sa journée semble déjà finie. Son imperméable attend sur la chaise d'à côté. Il flotte un parfum de clous de girofle, comme dans l'ascenseur vide de l'hôtel, comme dans l'entrée de mon immeuble.

Je lui demanderais bien si ça l'a excité de nous prendre en photo. « Tu me suis depuis un moment », dis-je plutôt. Au cimetière, au bazar. J'imagine que c'est lui qui a tué le chat.

« Peut-être.

– Pour voir comment vit l'autre moitié ? »

Il fait tourner son fond de café dans sa tasse.

« Assieds-toi, dit-il sans lever les yeux.

– Je ne peux pas. »

Il m'agrippe la main. « S'il te plaît. »

Sa voix exsude la frustration. C'est Mahtob qu'il attendait, pas moi.

« Tu as un nom ? » je demande.

Il hésite, mais comprend que c'est le moyen le plus efficace de m'amadouer. « Kaveh. »

Je m'assois. Aux portemines dans sa poche de chemise, j'imagine qu'il fait du dessin industriel. Un homme soigneux, mais fatigué. Il a la nuque rouge d'avoir lui-même égalisé ses cheveux pour faire net. Des rides de stress gâchent un visage par ailleurs beau. Ce n'est pas un séducteur à la Rostam, rien qu'un architecte éconduit dont la vie ne se déroule décidément pas comme prévu.

Il vide sa tasse. Je le ressers. Il allume une cigarette aux clous de girofle, mais ne la fume pas. Je me figure Mahtob en train de tout lui raconter dans votre chambre, de partager ses secrets : les racines noires de ses cheveux, son nez d'avant, l'infidélité de son mari.

« Je me demandais à quoi tu ressemblais de près, lui dis-je.

– Je suis comme tu avais imaginé ?

– Oui. Ravageur. » Il tourne une allumette entre ses doigts. Je poursuis : « Comment vous vous êtes rencontrés ?

– À la citronneraie. Une promenade toute bête. »

Il sort un flacon d'aspirine pour enfants. Des comprimés rose pâle pour ne pas effrayer les plus jeunes. Kaveh en avale un.

« Tu veux quelque chose de plus fort ?

– Je ne peux prendre que ça. Plus, ça me rend malade. »

Il lève les yeux vers le dernier étage de l'hôtel. Je connais ce regard. Il calcule le nombre de pirouettes que ferait un corps avant d'embrasser le sol.

« Tu sais aller là-bas ? » je demande.

Il tire de sa poche une carte, pas seulement pliée, mais aussi roulée à force d'impatience.

« À peu près. »

J'étale la feuille et jette un œil à l'itinéraire. Il y a un endroit que je connais bien sur la route. Un bon poste d'observation.

« Tu vas m'aider ? » je lui demande.

Il regarde sur ses paumes des taches qui n'y sont plus.

« Le vice te ratatine, c'est ce que disait toujours ma mère. J'y pense encore, parfois. » Il pose une main sur la table et sort un stylo-plume. Très délicatement, il trace le contour de ses doigts, puis les mesure avec sa fourchette. « Ouaip, dit-il. Ça ratatine vraiment.

– Si je peux partir avec Zal, tu pourras partir avec elle. »

Il réfléchit un moment, puis hoche une fois la tête.

30

Kaveh et moi déambulons dans Shahrak Ghazali, la cité du cinéma partiellement désaffectée dont les décors extérieurs évoquent des siècles passés. On y tourne encore des films d'époque et des feuilletons télévisés. L'accès est gratuit, il n'y a pas de préposés. Nous nous tenons à la périphérie, face à la route : la citronneraie est à un peu plus de dix kilomètres. Nous guettons le père de Mahtob, ou plutôt sa voiture.

Pour passer le temps, nous prenons un chemin de terre bordé de carrioles abandonnées, aux caissons maculés de giclures de boue. Des enseignes décorées de fruits peints signalent le marché. Kaveh s'arrête devant une devanture.

« J'ai suivi Mahtob ici, une fois. C'est là qu'elle retrouve tous ses hommes. »

Un costume de derviche décoré de petits croissants pailletés sur les côtés pend dans une embrasure de porte, sans doute pour un tournage imminent. L'imperméable de Kaveh se retrouve plus souvent sur son bras que sur lui. Il te ressemble tellement.

Nous nous sommes déjà embrassés dans ce décor de cinéma, toi et moi. « Peut-être que si nous rejoignons clandestinement la Perse antique, nous pourrons habiter une énigme gravée par nos soins, avais-tu dit. Cachés là, derrière cette charrette, nous nous abriterons au creux du temps jusqu'à ce que deux autres amants nous relaient.

– Parler, c'est du gâchis de vie.

– C'est ma vie. »

Il y avait des jours où c'était romantique et d'autres où c'était seulement triste. Ce jour-là, c'était triste. Un gardien nous avait signalé qu'il était temps de partir et nous avions obéi. On ne pouvait pas changer d'époque, mais j'avais l'envie brûlante d'en découdre avec le temps. Quels autres amants comptent les heures en soupirs et battements de paupières ?

« Nous avons de la chance d'être malchanceux », avais-tu plaisanté dans une tentative d'essuyer de mon menton toute mélancolie, comme les douceurs d'autrefois. C'était une de ces phrases dont le sens changeait selon le moment où elles étaient prononcées, selon la quantité d'orange dans le coucher de soleil, et selon si, ce jour-là, le chagrin me faisait souhaiter que nous soyons tous les deux morts.

Il y a un tournage en cours dans la ville fantôme. Kaveh observe.

« Il faut plus de sang », décrète le réalisateur.

Aussitôt, l'équipe s'agite. Trois personnes fourragent dans des sacs. Une femme demande des stocks supplémentaires par talkie-walkie. À plat ventre sur le trottoir, un acteur attend qu'on lui verse davantage d'hémoglobine dans le cou pendant que des stagiaires mélangent du jus et du colorant.

« Non, non, non. » La proposition n'est pas du goût du réalisateur. « Plus de sang. Du vrai sang. » Allez savoir ce qu'il entend par là.

Kaveh fait brûler des allumettes à la chaîne. Parfumées aux clous de girofle, comme ses cigarettes.

« Tu devrais faire gaffe, dis-je.

– Il y a pire pour ma santé.

– Tu laisses ta marque puante partout derrière toi.

– C'est peut-être voulu.

– C'était le sang de qui ? Chez moi ?

– Je me suis blessé. Tu seras content d'apprendre que la porte de l'immeuble est très facile à forcer, mais pas celle de l'appartement. »

Pour un amateur, peut-être, mais je ne crois pas que ce soit son cas. Le moindre élan de compassion envers un homme vire chez moi au sexuel. La tête de Kaveh pourrait si facilement se poser sur ma poitrine. De profil, surtout, ses pommettes s'y loveraient parfaitement.

« Hé, vous, là ! dit un homme depuis une allée sombre entre deux façades. Vous nous pourrissez l'image avec votre fumée. »

Kaveh range ses allumettes. Je scrute l'obscurité qui entoure l'homme et découvre toute une installation de moniteurs et de rallonges branchées sur l'un des rares circuits électriques du site. Derrière un ordinateur portable, un monteur est au travail avec les prises du jour. Un écran plat retransmet en direct ce qui se passe sur le plateau, où le réalisateur réclame toujours plus de sang. De côté, partiellement caché sous une nappe, un petit appareil projette des images sur le mur : à peine la taille d'une feuille de papier, des échantillons d'une quelconque banque d'images. Les lueurs tremblotantes. La question du sang. Le bourdonnement des neuf rallonges surchargeant la prise. Tout me ramène à toi.

Je nous revois en haut d'une cage d'escalier où nous comptions nous jeter à cause d'un film que nous avions vu. Une pellicule 16 mm avait survécu aux feux allumés par les fanatiques après la révolution et quelques copies étaient apparues ici et là bien des années plus tard. Un jour, un voisin était tombé sur des boîtes dans l'ancien quartier chaud. Alors que mon père se ruait sur le pot de peinture vide qui contenait son opium, je m'étais retrouvé sur sa route. Au lieu de me repousser, il avait dit :

« Amène ton ami. »

C'était mieux que de se battre à coups de poissons morts récupérés dans les poubelles de l'animalerie.

Dans une arrière-salle, nous avions regardé un film rendu rose acide par les ravages du temps. Les autres spectateurs s'en étaient vite désintéressés – ils avaient espéré *Bonnie and Clyde* ou *Psycho*, un classique de leur jeunesse – et tous étaient partis. La première bobine terminée, nous avions tenté de la changer nous-mêmes.

« Bon d'accord, avait dit le projectionniste en nous prenant sur le fait. Mais juste pour que vous puissiez voir la fin. »

Il avait prestement installé la suivante et l'avait passée en accéléré pendant qu'il rangeait ses affaires, pressé qu'il était de rejoindre une partie de backgammon. Au moins avions-nous pu voir Gene Tierney se jeter dans l'escalier. C'est ce moment que j'avais plus tard recréé, au prix d'une dent ébréchée.

« Du sang. Plus de sang », continue à aboyer le réalisateur sur l'écran plat.

Que ce soit mon refrain désormais. Du sang. Plus de sang.

Je retiens mon souffle sept secondes et le relâche tout doucement. Je porte ton pantalon. Les taches de sang ne se voient presque plus et l'excitation de me coller à l'entrejambe d'Omid a disparu. Je le porte pour être proche de toi. Les passants de ceinture me grattent les poignets et les poches sont assez grandes pour le pistolet.

« Tout va bien ? » demande Kaveh. J'ai baissé la garde malgré moi. Affleurent de petits signes d'une grande panique. Plus de sang. Coupez, coupez, coupez. Avant que je ne puisse répondre, Kaveh m'attire à lui pour m'éviter le choc d'une échelle qu'un ouvrier transporte sur son épaule.

« Hé, attention ! lui crie-t-il à ma place.

– Écoute, mon pote, si vous mordez sur notre espace de travail, assumez les risques. »

Nous nous attardons l'un contre l'autre une seconde de plus que des gens poussés là par accident.

« Tu as une idée de l'endroit où est Zal ? je demande.

– Pas encore.

– Mahtob t'attendait hier. Ses bagages étaient faits.

– Vraiment ? » Il sourit. « Peut-être qu'elle comptait ficher le camp et nous fausser compagnie à tous les deux.

– Peut-être. »

Il soupire. « J'ai vraiment hâte que ça se calme, cette nuit blanche qui dure depuis des mois. Je pourrai enfin baisser mes manches de chemise, enfiler mon imperméable, resserrer ma cravate. Rentrer chez moi. Dormir avec mon amour sans autres obstacles.

– Tu y es presque. Presque à l'acte 2 de ta liaison sordide.

– J'espère. Est-ce que Zal a encore de la famille ? Tu sais ça ?

– Je sais presque tout sur lui. »

Au loin, une voiture fonce sur la grande route. Argentée, bordures dorées. Direction la citronneraie.

Kaveh fixe le véhicule. « Presque, ça suffit à se perdre. »

31

La route qui mène au verger est quasiment droite. Pas de méandres. Cependant, sur une petite section, la bordure à l'est de la chaussée va d'une fine crevasse à un vrai ravin. Cette formation géologique est un cadeau. L'escarpement n'est pas énorme, mais suffisant pour nous offrir un bel accident. Il y a aussi un virage en épingle. Un car touristique qui se rend à la citronneraie laisse d'ailleurs descendre quelques passagers pour qu'ils guident le chauffeur.

Des cyprès marquent l'entrée de la plantation. L'endroit est peuplé de chats narcoleptiques qui tournent sur eux-mêmes avant de sombrer dans le sommeil. Ma présence ne détonne pas au milieu des groupes enthousiastes qui déambulent sur le site. Une fois descendus du bus, les touristes se prennent mutuellement en photo en train d'attraper un fruit le plus haut possible. D'autres règlent leur retardateur et se précipitent pour prendre la pose.

Je reconnais le père de Mahtob à sa moustache bicolore. Il se promène avec un minuscule verre de thé. Facile à empoisonner vu la fréquence à laquelle il le remplit. Il étale un mouchoir sur la monstruosité argentée qui lui sert de voiture, puis dissout une infime dose de morphine dans une théière au long bec ridicule. Le flacon sans étiquette entre et sort de la poche de son manteau. Tout en inspectant la propriété, il garde son petit verre à la main pour y boire quelques gorgées.

De l'autre main, il ouvre un canif et le plante dans un citron. Rien qu'à l'odeur, il sait ce qui ne va pas. « Trop d'alcalinité dans l'eau. » Il range le couteau dans sa poche sans replier la lame.

Un chat somnolent a entrepris de me suivre. Il fait le tour de mon pied droit et s'effondre. À bien y regarder, il ne dort pas. Lui et ses congénères ont été empoisonnés. Un ouvrier parcourt la propriété d'un pas brusque pour ramasser les cadavres, qu'il jette sur son épaule. Quand il n'est plus qu'à quatre arbres de moi, j'essaie de passer inaperçu en ramassant des fruits. Il s'arrête pour s'éponger le front. Au lieu du bandana qu'il porte autour du cou, il tire accidentellement la queue d'un chat et reçoit un coup de patte de l'animal, pourtant plus mort que vif.

Autant profiter de l'intimité du verger pour lui poser une question.

« Savez-vous qui a dénoncé l'homme qui a été pendu ?

– Journaliste, vous aussi ? demande-t-il après avoir tourné la tête pour cracher. Y a rien de neuf que vous auriez pas lu ailleurs.

– C'était quel arbre ? »

Il profite de l'occasion pour faire une pause. « Un plus à l'est. »

Une question imprévue me vient à l'esprit. « Après sa mort, est-ce qu'ils ont coupé la branche ou seulement la corde ?

– La branche ? Pour le poids d'un corps entier, une branche, ça aurait pas suffi. Il a fallu grimper et en lier six ensemble. Je me suis laissé glisser le long de la corde pour vérifier que ça tiendrait. Et puis, une fois qu'il a été mort, il a fallu regrimper avec une machette pour élaguer. C'est à ça qu'on peut reconnaître l'arbre. À la lisière. Près de l'usine de conditionnement. Tout un côté dégarni. »

Un cri traverse la citronneraie. Une canalisation a éclaté. Les ouvriers se rassemblent autour du geyser. Certains se saisissent de seaux à la hâte, d'autres courent plus loin tordre des tuyaux pour stopper le jet qui dépasse les plus hauts cyprès. Le père de Mahtob attrape une femme par le col, une préposée au ramassage, et hurle :

« Fais quelque chose ! »

Mon propre col me semble un étau.

Sous la brutalité du geste, le voile de l'employée s'est relâché. Paniquée, elle recule. D'une main elle sécurise son foulard par un double nœud tandis que de l'autre elle tend aux hommes des couvercles de poubelles pour endiguer le flot. En vain, car aucune quantité de pots, de casseroles ou de couvercles ne pourrait calmer l'eau, un jaillissement violent qui catapulte au loin ceux qui tentent de l'étouffer de leur poids. Une douve se creuse autour de la canalisation.

C'est le moment idéal pour droguer le thé, comme prévu. Une mort en pente douce, qui finira dans un ravin si tout se passe bien. Je me faufile vers la voiture argentée, me cache derrière le coffre, puis me glisse à la place du conducteur. Le couvercle de la théière ne fait aucun bruit, ni quand je le soulève, ni quand je le repose. Quatre bouchons supplémentaires. Plus qu'il n'en faut sans pour autant ajouter d'amertume.

Kaveh me rejoint après avoir garé la voiture que nous allons utiliser.

« Tout est prêt ? demande-t-il.

– Le plein de morphine. Il va s'endormir au volant. »

Kaveh ne comprend visiblement pas comment il a pu déchoir jusqu'à ces vices dont il pense qu'ils lui font maigrir le cou et reculer les genoux. Sans doute l'adultère ou la complicité avec quelqu'un dans mon genre. Il s'éloigne d'un citronnier et le regarde comme si c'était lui un mois plus tôt. Il hoche la tête, la comparaison est claire. Nous nous ratatinons tous les deux. Il ajuste sa ceinture, dont la boucle a glissé de côté.

Il s'inquiète soudain. « Et s'il retire son pied de l'accélérateur en s'endormant ? » Une idée lui vient. « Attends. »

Il me plante au milieu des arbres. Un tronc pâle m'intrigue. L'écorce a été complètement arrachée d'un côté ; un liquide sirupeux s'en écoule, plus spectaculaire que du sang.

Kaveh reparaît. De toute évidence, il est à bout de nerfs. Sa rage en impose plus que sa politesse. Elle le rend candide. Je savoure le fait d'être le passager du naufrage d'un autre.

« On est ensemble dans ce merdier », dit-il. J'y trouve quelque chose d'érotique. « Si le vieux presse l'accélérateur jusqu'au bout, la pédale restera bloquée. Il faut juste s'assurer qu'il appuie à fond.

– Comment faire ?

– Il va peut-être falloir monter avec lui. » Il pose une main sur mon épaule. « Tu te sens d'attaque ?

– Moi ?

– Pas le choix. Tu es plus petit. Tu passeras plus inaperçu que moi. »

32

Pendant que j'attends dans la voiture de luxe, me reviennent les instructions données par Panj à la fête de Leyli. Penser à une première fois pour tuer le temps.

Nous avions seize ans. Dans ta voiture à toi, des odeurs de cul, de halva, de cigarettes. Le troisième jour de la troisième semaine de la nouvelle année. J'avais quitté l'école sur une dispute. Avant que nous ayons pu nous réconcilier, mon père m'avait conduit de force à Qamsar pour me punir de ce qu'il soupçonnait entre nous.

« Tu auras le temps », ne cessait-il de répéter sur la route. Ça valait pour lui et moi. Dans le village de ma grand-mère, j'aurais le temps de me remettre de mes péchés, tandis que lui aurait le temps de décider d'une issue plus violente si je ne me réformais pas.

Tu avais roulé des heures pour me voir. Ton choc en découvrant mon visage et ses plaies – les épines, ai-je prétendu. Les autres ouvriers étaient très gentils. Ils se demandaient pourquoi je pleurais autant. Comme ils me croyaient mal nourri, ils m'apportaient du lait sucré dans des bocaux en verre.

« Bois, petit. Ça va passer. »

Je buvais tout jusqu'à la dernière goutte, même si je n'en avais pas besoin.

Et puis tu avais débarqué dans ta vieille voiture décorée d'une rayure et tu m'avais emmené. Nous avions trouvé une maison abandonnée, sans porte ni fenêtres ni cadre de porte ou de fenêtre. Les murs en terre pelaient à force de dilatations et de contractions thermiques. Nous avions à peine franchi le seuil que tu as baissé mon pantalon pour me baiser. Notre première fois, si je devais choisir.

Ce jour-là, tu m'as pris avant même que nous nous soyons embrassés. Je me suis demandé, inquiet, si j'étais assez propre pour être pénétré, mais tu t'en fichais. Et je m'en fichais aussi, même si j'ai senti la déchirure. Par politesse, nous avons essuyé notre foutre par terre et nous l'avons étalé sur les murs. À cause de toi, ai-je plaisanté, j'allais chier des perles pendant des semaines. Le reste de l'humanité peut bien fêter Shab-e Yalda, le solstice d'hiver, la plus longue nuit de l'année. Pour moi, cette nuit dans la maison de terre restera la plus longue de toute l'éternité. Après, nous avions dessiné des constellations sur mes bras en reliant les marques des épines.

Mahtob avait raison. Tous les équipements de luxe de la voiture de son père vont jouer contre lui. La teinture des vitres est trop sombre pour qu'il me voie, recroquevillé par terre derrière son siège en cuir, lequel s'ajuste avant même qu'il soit monté. Me voilà comprimé. Le grand accoudoir forme un genre de cloison. Je pourrais ne pas m'aplatir autant, mais je préfère ne pas prendre de risque.

Le vieil homme met sa ceinture et baisse sa vitre.

« Nous retesterons le niveau d'alcalinité dans un mois, dit-il à un employé. À mon retour de Francfort. » Il met le contact.

« Vous avez l'air fatigué, répond son interlocuteur. Tout va bien ?

– Évidemment. Mais je ne m'attendais pas à ce que ces canalisations causent tant de dégâts avant mon départ à la retraite. »

Une aubaine. Je me réjouis que quelqu'un assiste à ce qui pourra rétrospectivement passer pour un signe de détresse.

« Vous êtes sûr que vous ne voulez pas que je vous conduise ? »

Le vieux rit. « Et moi, je ferais quoi ? Un petit somme sur la banquette arrière ? »

Surtout pas.

« Ce n'était qu'une suggestion. »

Le père de Mahtob démarre. Il tend la main vers le porte-gobelet, mais renonce à attraper son thé après deux tentatives infructueuses. Il allume la radio. Électricité statique. Il se regarde dans le rétroviseur, essuie sa moustache avec son col. Sur la banquette arrière, un manteau forme un tas, tout près de moi. Une fausse fourrure de mauvaise qualité.

Le vieil homme tend de nouveau la main vers son thé, victorieusement, cette fois-ci. Il boit une gorgée, puis vide le verre d'une traite, comme un shot. Pas de grimace. La somnolence le prend au niveau des cyprès de l'entrée. La voiture ralentit. Je me redresse. Sa tête ballotte d'un côté à l'autre. À sa façon de fouiller la boîte à gants, je comprends qu'il a enclenché le pilotage automatique. La route est maintenant droite sur plusieurs kilomètres, avec le danger le plus immédiat à notre gauche : un ravin assez profond pour y mourir. Il tend la main vers la théière afin de se resservir ; le supplément de morphine est visiblement à son goût. Je plonge la mienne dans ma poche jusqu'à la clef de Mahtob. Bouton de gauche pour déverrouiller. J'appuie. Elle avait raison. Le siège conducteur s'ajuste. Surpris, le vieil homme lâche la théière sur ses genoux.

« Nom de Dieu. »

De la fenêtre grande ouverte à l'autre à peine entrebâillée, un hurlement remplit la voiture. La ceinture de sécurité s'est resserrée. Je contribue à renforcer l'étau en coinçant la sangle au dos de l'appuie-tête. Il est lent à réagir. Ses mains se dressent pour chercher comment se libérer. De derrière, j'agrippe ses avant-bras au moment où il se crispe. La voiture continue sa course vers l'avant. Trop paniqué par la perspective de suffoquer, il ne pense pas à presser le bouton qui interromprait la régulation de vitesse. Il est obnubilé par la sensation d'asphyxie et ces mains inconnues autour de ses poignets. Je lui murmure à l'oreille :

« Tout va bien. Fermez les yeux. »

Il obtempère, pas tant parce qu'il accepte son sort que pour voir si le cauchemar cessera dans ce clignement. Eh ben nan.

« Ça va bien se passer, je murmure encore. C'est presque fini. »

Je le berce. La gentillesse de mon ton le prend de court. Je le rejoins dans l'hallucination que son cerveau fabrique déjà. Il se calme.

Qu'il paie donc pour les autres. C'est la seule façon pour moi d'aller au bout. Je me le répète encore et encore. Qu'il paie pour ces hommes abjects qui méritent leur propre violence.

Dans un bref instant de lucidité, il se dégage de mon emprise et, à défaut de pouvoir se débarrasser de la ceinture, tente d'ajuster son siège. Il cherche la manette. Libération. L'assise recule et me rentre dedans. La ceinture l'étrangle. Dans sa frénésie, il entraîne de tout son poids le siège vers l'avant et s'écrase contre le volant. Sur ses genoux, la théière pivote, le bec pointé vers lui. Il recule, bombe le torse. Dans un dernier bond vers l'avant, il percute quelque chose avec tant de force qu'un trait sanglant jaillit jusqu'au parebrise. Le couteau dans sa poche. Je jurerais que la plaie a crié. La théière se remplit de sang par le bec. Le vieil homme s'effondre vers l'arrière, vaincu par le délire et les dégâts divers. Seuls quelques soubresauts nerveux agitent encore son corps.

La voiture continue sur sa lancée. De derrière, je vérifie le compteur de vitesse. On dépasse à peine les quarante-cinq kilomètres-heure. Elle me ferait presque rire, cette effusion de sang encore secrète. En avant, ligne droite. Le pied du vieil homme appuie sur l'accélérateur. Rien d'excessif pour le moment. Cinquante, cinquante-cinq. Parfait.

J'essaie d'ouvrir la portière arrière, côté conducteur. Impossible. Je rampe de l'autre côté. Impossible aussi. Verrouillage, déverrouillage : j'appuie sur la clef qui est toujours au fond de ma poche. Des bruits mécaniques, oui, mais aucun mouvement puisque le siège est déjà ajusté à Mahtob. Les portes ne s'ouvrent pas. J'escalade tant bien que mal l'accoudoir pour accéder au siège passager. Je tire sur la poignée. En vain. Sans doute une fonctionnalité que Mahtob m'a cachée exprès : les portes restent verrouillées tant que la voiture roule. Elle veut être certaine qu'il meurt, et que je meurs aussi. La salope.

Elle pensait vraiment ce qu'elle disait : certains blasphèmes sont impardonnables.

Ma seule issue est la fenêtre du conducteur. J'attrape le manteau sur la banquette arrière, la fausse fourrure à longs poils.

« Protège-moi », dis-je au renard.

Je grimpe sur les genoux du vieillard. Intimité inattendue. Voilà l'homme. Peu importe qu'il ait été l'un des assassins ou seulement un spectateur sadique. Il me rejoint dans l'hallucination que mon cerveau fabrique déjà. Qu'il paie pour les autres, parce que même si je vais au bout de ma transformation, même si j'obéis à la loi et que je fais modifier mes papiers, la folie des simples d'esprit peut aller jusqu'au meurtre.

Je passe la main par la fenêtre et saisis la poignée. La portière s'ouvre. Je la repousse au maximum. Je sais que je dois me jeter dehors en serrant les bras contre moi. Comme la voiture va plus vite que je ne l'espérais, j'essaie de dégager le pied du conducteur de l'accélérateur. La pédale est coincée. Vraiment coincée. Je n'ai d'autre choix que de sauter. Mon manteau est en train de s'imbiber de sang. Quand la lame se déloge de la poitrine du père de Mahtob, sang, morphine et bergamote gouttent sur ses chaussettes d'apparat. Cent cinq, cent dix. La vitesse augmente encore. Aucune voiture en vue. Alors j'y vais. Je saute. Par la bouche hurlante de la fenêtre, je me laisse tomber dehors, les bras repliés, la tête rentrée.

Je roule. Je jurerais que quelque chose me guide, m'enveloppe. Je glisse. Peut-être le manteau. Des lambeaux de fourrure se déchirent. Ils passeront pour les restes d'un animal écrasé. Mais dans cette dégringolade, une main me dépose doucement à terre. Une fois que j'ai cessé de rouler, que je peux sans danger sortir la tête et m'étirer les bras, je suis pris d'un haut-le-cœur. Pas à cause de ce que j'ai fait, de ce sang sur mes vêtements. J'ai sauté de la voiture sans me briser le cou. C'est un choc. Une force inconnue m'a enveloppé, attrapé et déposé sans autres dommages que ceux infligés au manteau. Pourtant ce miracle ne suscite en moi aucune gratitude. Il arrive trop tard dans ma vie.

Je serre ce qui reste de fourrure contre moi. Le véhicule de Kaveh met plusieurs minutes à apparaître.

« Vite », dit-il. Je monte à bord. « Je n'ai pas pu vous suivre de près. Ça aurait attiré l'attention. »

Devant nous, la voiture du vieil homme continue tout droit là où elle aurait dû tourner, au virage en épingle. Le bolide argenté bascule et creuse un peu plus le ravin à l'endroit de l'impact. Comme quand je suivais du doigt les lacérations sur le crâne de ma mère, rien de la douleur ne m'est épargnée. Je suis assis au centre du bûcher que j'ai allumé pour un autre. L'épave fume.

Kaveh s'étonne que je ne sois pas blessé. « Tu es sûr de ne pas t'être cogné la tête ?

– Certain. »

Il rapproche son siège du volant. Nous ne disons rien, mais nous nous demandons tous les deux s'il n'aurait pas vraiment perdu quelques centimètres.

« Il va falloir se débarrasser du manteau », dit-il.

Allez savoir pourquoi, il tient à moi et ne veut pas que je me retrouve avec une pièce à conviction sur les bras. Il ne s'attendait peut-être pas à ce que j'aille au bout. À ce que je survive. Mais le fait que je sois là, égratigné, rougi par le sang d'un autre, remue quelque chose en lui. Le voilà plus alerte. Plus enclin à laisser traîner son regard quand il se pose sur moi d'une façon qui n'est propre qu'à certains hommes. Aucune intervention divine. Le hasard. Rarement heureux. Plus souvent malheureux. Inéluctable.

33

Kaveh fait les cent pas dans notre Sodome rien que pour veiller encore un peu sur moi. Soupirer pourrait bien être sa signature. Tout comme je regrette d'aimer un homme, peut-être regrette-t-il d'aimer une femme mariée.

« Tu es sûr que tu n'as pas de vertige ? » Il continue à s'inquiéter d'une possible commotion cérébrale.

« Ce ne serait pas le plus tragique. »

Il se tient debout devant le canapé – comment ne pas remarquer la feuille accrochée à son pantalon, à gauche de la braguette –, les jambes tellement écartées que j'ai envie de m'asseoir par terre près de lui, de frotter son genou, de laisser ma main s'attarder. Je pourrais lui servir de repose-pieds. L'adrénaline me fait bander.

Je lui sers à boire. Il vide son scotch d'une traite. Je reprends le verre et le pose sur la table. Il colle ses mains l'une contre l'autre et souffle dans l'interstice, bien qu'il ne fasse pas froid, avant de glisser une cigarette aux clous de girofle entre ses lèvres.

« Tu étais là quand Zal a ramené ce jeune homme ? demande-t-il.

– J'étais sans doute en train de rêver. La faute aux médocs. »

Il se lève pour aller chercher des allumettes dans la poche de son manteau. Nous voilà face à face. Il en allume une et la laisse brûler. Quand la flamme s'approche trop de son majeur, je m'agenouille et souffle pour l'éteindre. Ça lui plaît. Il en allume une autre. Parce que ça lui plaît, je la laisse brûler plus longtemps. Je ne souffle pas, cette fois. Il finit par secouer l'allumette. Je me rapproche dans l'odeur de clous de girofle. La proximité de son sexe me hérisse les poils pubiens. Malgré ses scrupules, il se penche pour m'embrasser, comme si le meurtre était une sorte d'aphrodisiaque. Il s'arrête. Peut-être que c'est elle qu'il a embrassée en dernier et qu'il veut garder le goût de ce baiser. Il recule.

« Retrouve-moi encore une fois, dit-il.

– Je ne peux pas. »

Les hommes sont attirés par moi, je le sais, à cause de ma souffrance.

« S'il te plaît. » Avec moi, c'est le piège d'un nouveau tabou qui s'ouvre.

« On aurait l'air ridicules à Ispahan. » Là-bas, les gens dansent au ralenti par souci de discrétion et les serveuses âgées débarrassent les tables avant que les couples n'aient fini de manger.

« On peut aller dans un autre hôtel. Pas celui où tu vas avec lui.

– Mais le labyrinthique est le meilleur. » Le troisième jour de la troisième semaine de la nouvelle année.

Il m'attrape par les épaules. Un geste convenu. Là, regarde-moi. Un truc de mauvais acteur. Dès que nos lèvres se touchent, il me secoue. Ce mouvement rapide, presque athlétique, me fait brusquement savoir que, même si j'ai obtenu qu'il cède à la tentation de m'embrasser, c'est lui qui commande. Comme je sais très bien me servir de ma langue, je reprends rapidement du pouvoir. À travers lui, je me donne à moi-même un beau baiser d'adieu. Pour un instant, je suis lui et le baiser me revient. C'est donc ainsi que j'embrasse ? Dorénavant, il faudra penser à y mettre plus de dents. Je tombe dans la vaste grimace de sa bouche en sachant que nous ne nous reverrons pas.

34

Dans notre chambre au douzième étage de l'hôtel de mon oncle, je fais de mon mieux pour effacer toute trace de nous. La moindre drogue cachée là est bonne pour les toilettes ; la tuyauterie va trembler de la quantité d'acide avalée. Mais j'emporte les somnifères. Je vais avoir besoin d'aide pour les nombreux comptes à rebours. Préopérations, préretrouvailles.

Je refais le lit, histoire de gagner quelques minutes dans notre cachette. Avant de partir, j'ouvre complètement la porte coulissante qui donne sur le balcon pour que l'air du dehors lape tout excès de chaleur laissé par mon corps. Mon oncle installera bientôt de quoi empêcher ces portes de s'ouvrir en grand. Trop de gens envisagent sans doute de sauter à force de penser à ce qui les attend. D'autres occuperont la chambre où nous avons baisé et goberont l'air de la rue qu'avalaient nos baisers, mais personne ne verra les gestes qui voulaient tant dire, les jours les plus lourds. Nous sommes la fumée d'une bougie qui n'existera plus.

Je me rends à l'appartement que tu partages avec Mahtob pour lui dire que la tâche est accomplie. Par précaution, je passe par-derrière. Des rouleaux de moquette attendent dehors. Ce serait un sacrilège si cette moquette venait de chez toi, de ces pièces où nous avons dormi, reposé, parlé, baisé quelques fois quand ta femme était en voyage. Les rouleaux sont couverts de mouches, qui reniflent sans doute tous les fluides corporels que nous avons versés. J'attends qu'il n'y ait plus de bruit dans l'entrée avant de monter. Je toque doucement. Mahtob ne répond pas.

De l'autre côté de la porte, je jurerais que j'entends une conversation. Elle et un homme. Puis seulement la voix de l'homme.

Ta voix ? Je ne saurais dire. Rien qu'un murmure. Un par un, voilà que des sons métalliques lui répondent. Les cages. Les rossignols sont déchaînés : ils sautillent partout et se cognent, ailes, têtes, becs, contre les barreaux. Mais, tels des pétales arrachés à une fleur, leur nombre diminue. Par la fenêtre ouverte donnant sur la sortie de secours, j'entends qu'on les jette dehors. Une toux sur le balcon. Je vois les épaules de quelqu'un qui se rue dans l'escalier de secours et s'échappe. Quand je risque un œil, il est au moins deux étages plus bas. Devant la fenêtre, des rossignols tournent encore. Ils n'osent s'éloigner et me cachent le corps qui s'enfonce dans la nuit pour rejoindre l'abysse de la rue.

Je retourne à la porte. Je sonne à nouveau. Pas de réponse. Pas de mouvement. D'un appartement voisin me parvient une sonate pour violon qui passe en boucle à la radio. Je mets un instant à rassembler le courage d'entrer. Il me reste suffisamment de comprimés octogonaux, s'il faut en venir là. Facile de l'endormir dans son bain. Facile d'en finir avec des balles-perles, si nécessaire, si elle s'oppose à notre plan. La porte n'est pas fermée à clef. Les idiots. J'entre.

« Il y a quelqu'un ? Mahtob ? » Avec un nom qui veut dire clair de lune, il me semble qu'elle devrait être visible. Mais malgré la chaleur conférée à la pièce par l'écho d'une conversation terminée, personne ne répond.

Dans la salle de bains, la baignoire déborde. L'eau semble mauve à cette heure. Ça tient aux ampoules jaunes et aux ombres étranges qu'elles créent sur le papier peint. Sur le côté, des éclaboussures témoignent d'une lutte. À la façon dont l'eau s'écoule par-dessus le rebord, on pourrait croire la main tendue vers moi. Dans la baignoire, Mahtob est déjà morte. Elle a les yeux grands ouverts sous l'eau. Je les ferme et me demande en passant si les paupières peuvent conserver les empreintes digitales.

C'est ton œuvre.

Les cages sont vides. Une façon supplémentaire de faire croire à un suicide, une cérémonie d'adieu. Son geste pourra en principe être attribué à la nouvelle du décès de son père, malgré la haine qu'elle lui vouait. C'est l'heure de la disparition, pas celle où je cache nos photos, mais celle où je borde ta femme dans le silence de la mort, une mort qui nous donnera de quoi vivre pendant des années, de quoi te remarier. Ailleurs, à Ispahan, où j'espère que les gens poseront moins de questions.

Pour un peu, je me sentirais coupable envers les femmes que nous avons laissées ou que nous laisserons bientôt derrière nous. Ma mère, ta tante, ton épouse. Je ne m'appesantis pas. Je suis sur une lancée qui ne souffre pas de pause. Je ne suis capable que de ce qui nous profite.

Avant d'abandonner le corps de Mahtob, j'éparpille quelques somnifères sur le sol de la salle de bains. C'est un jeu où chacun termine la phrase de l'autre : tu t'es débarrassé de ta femme, je m'occupe des détails qui éloignent du meurtre et rapprochent du suicide.

Je marque un arrêt sur le seuil. Le long voile noir de ton épouse demande à venir avec moi, alors je le décroche du portemanteau. Je te rejoindrai le troisième jour de la troisième semaine de la nouvelle année.

35

Ce sont des acouphènes émotionnels. Pendant une minute, je suis pris d'un sentiment de culpabilité aigu, insupportable, la réverbération d'un gong qui s'offre un dernier tour de piste triomphal avant le néant. Ça m'arrive quand je pense à Mahtob. C'est là, tellement là, puis l'apathie revient. Quand je pense à Sumac, la dureté d'une flèche me transperce les côtes. Après la douleur, l'épisode terminé, je ne sens rien. J'accepte ce qui s'est passé comme une chose révolue, hors d'atteinte.

Reste une inquiétude. Quand on enlèvera les pansements, ça donnera quoi ? Je ne parle pas de mon corps, qui aura tendance à s'avachir, ou pas, selon comment j'éprouverai la redistribution du poids. Mais que deviendra notre amour quand il ne sera plus caché ? Peu importe que nous ne puissions jamais nous embrasser fougueusement en public : nous ne le ferions pas, même si c'était permis. Pas notre style. Je préférerai peut-être garder cette relation secrète. La transition doit me permettre d'échapper à la mort, pas de nous transformer en couple qui se tape des lettres d'amour dans la paume des mains. Nous ne serons pas autres. Seulement moins en danger.

Je pense à la première mouche qui capte l'odeur d'une crotte fraîche. Bientôt elles sont nombreuses à butiner le même merdier. Comme la police autour du corps de Mahtob en ce moment. Ça a peut-être commencé par une voiture, puis d'autres, et tous ces flics de se frotter les mains, leurs mains sales. Le suicide attire peu de compassion, surtout quand il s'agit de la fille unique d'un défunt. Qui va s'occuper des funérailles de cet homme, maintenant ? Quelle égoïste, à tenter d'éclipser le décès de son père par le sien.

J'entends d'ici les patrouilles dans ton quartier demander si quelqu'un sait où tu es, vu que ta femme et ton beau-père sont morts le même jour. Ton agression est peut-être ton salut. Tu pourras dire que tu es parti te faire reconstruire la mâchoire. Et puis l'attaque prouve bien que tu es inoffensif : tu n'as pas pu te défendre ce soir-là, alors comment te croire capable de tuer ?

Je me demande quelle sera la réaction de Kaveh quand il apprendra la mort de Mahtob. Je me gratte les yeux, pas parce que je suis coupable, mais parce qu'un moustique m'a piqué juste à côté du conduit lacrymal. Le temps que ça guérisse, que ça me gratte moins, je serai plus proche de ma vie d'après. Pas une vie nouvelle, seulement la suivante.

Toute la journée, je crains qu'un inspecteur frappe à la porte pour m'interroger.

Toute une semaine, je mange du yaourt sur une assiette en carton face au mur. Je n'arrive pas à avaler plus solide. J'ai le ventre en vrac – un virus quelconque, je me dis, pas la culpabilité.

Avant la fin du mois, la fin des quarante jours suivant la mort de ta femme, je retourne au cimetière. Couché sur une petite étendue d'herbe, j'entends des gens se plaindre de l'augmentation des loyers et du prix des tombes.

« C'est pas comme si on pouvait vous expulser », dit une femme à une autre. Toutes les deux sont venues se souvenir d'un mort ancien et non verser des larmes fraîches.

« On ne sait jamais ce que les gens sont prêts à faire pour de l'argent. »

Je vais voir la concession de ma grand-mère une dernière fois. Je pourrai revenir si je le souhaite, mais seulement quand notre nouvelle vie se sera consolidée. Je trouverai peut-être du travail à Ispahan, à vider les poubelles de notre hôtel préféré. À moins que je ne hante la librairie municipale en hommage à ma mère. Je nettoie la tombe avec une bouteille d'eau. J'oublie d'en garder un fond pour me laver les mains, que j'essuie donc sur mon pantalon. Les traces me font penser à Omid. Peut-être a-t-il fini ce dessin de moi.

Dans d'autres circonstances, Mahtob aurait rencontré Kaveh avant de t'épouser. Et, bien des années plus tard, après une mort plus douce, un de ses petits-enfants entretiendrait sa sépulture.

Je prends congé en silence. Je sais que je ne reviendrai pas dans ce coin de Téhéran. Pas de sitôt.

Ma mère n'est pas au sous-sol de la librairie centrale. Au cas où elle descendrait ici et choisirait de s'asseoir entre les mêmes rangées, je mets un livre en exergue. Pas un livre symbolique, qui détaillerait les voyages de serpents d'eau. Un volume au hasard, que je me contente de retourner pour que la tranche donne vers l'extérieur. Quand elle viendra lire ou s'adonner à quelque récitation, elle remarquera peut-être l'ouvrage rangé dans le mauvais sens. Si elle le remet à l'endroit, ce sera presque comme si nos mains se touchaient – je n'ai pas trouvé mieux.

36

J'ai maintenant l'air assez féminin. Les comprimés ont bien travaillé. Je ne peux plus dormir sur le ventre, comme avant. Des mois déjà que nous nous prêtons à ce jeu de patience, avant les retrouvailles. Je suis au seuil de la transformation. Le printemps venu, je serai prêt à sauter le pas.

Nos anciens lieux de rendez-vous me distraient, même s'il nous faut encore rester à distance. Nous ne nous retrouvons pas sur les marches, ni près du pavillon aux drapeaux. Tu n'as jamais aimé Narmak. La dernière fois que nous y sommes venus, tu t'es arrêté pour parler à un vendeur de tangerines qui poussait sa charrette.

« L'or de Toutankhamon », disait-il de sa marchandise. Mais tu t'intéressais davantage au tissu bleu dont il la protégeait du soleil. « Cette année-là, toutes les brebis ont donné du lait bleu. » Il avait un fort accent afghan et nous n'étions pas sûrs d'avoir bien compris.

Je me sens à nouveau en sécurité dans l'appartement de mon oncle. J'apprécie mes voisins, qui demeurent invisibles. En rentrant chez moi après l'achat d'un nouveau manteau, je trouve un jeune garçon devant ma porte. Je ne vois que son dos et la vapeur de sa respiration. Il est essoufflé d'avoir tant pédalé par ce froid, trop intense pour qu'il neige. Il coince un rouleau de papier entre la poignée et la serrure. Il doit avoir neuf ans. Son casque cabossé suggère qu'il a passé presque toute son enfance à faire le coursier.

« Comment es-tu rentré dans l'immeuble ? » je lui demande.

Il ne sursaute pas.

« Le portail était pas complètement fermé. »

Il a d'autres documents dans sa sacoche, des plans d'architecte, des feuillets de designers graphiques. Je ne suis qu'une étape sur son parcours.

« Les gens donnent des pourboires en général ?

– J'ai pas à vous dire comment vivre votre vie. »

Faire la conversation ne l'intéresse pas. Je laisse échapper les pièces que je voulais lui donner. Du pied, il en arrête une qui s'apprêtait à rouler. J'attends qu'il parte avant de déplier le papier. Je ne lui ai pas demandé qui est l'expéditeur. Il n'aurait pas eu la réponse, de toute façon. « Qu'est-ce que j'en sais ? C'est qu'une livraison parmi d'autres. »

Tu m'as envoyé une lettre d'amour. Un carton publicitaire bon marché pour un film américain des années quarante. D'une main, une femme debout derrière un homme agrippe son revers de costume. Je ne me souviens plus très bien de l'intrigue. Une valise d'argent, un mari mort.

Je range ce que j'ai acheté à l'épicerie, assez pour deux, par habitude. Jeunes, nous partagions un baklava pour avaler bien plus loin que la langue de l'autre. Et si j'étais déprimé, inquiet ou dépassé, à cause de nous, de ma mère, de mon père, de mon frère, de mon propre chemin ambivalent, tu disais : « Concentre-toi sur ce que tu avales, pas sur ce qui t'avale. »

Me rappeler ces gâteaux marche mieux que toutes les incantations. Ils ne sont pas comestibles – aucun souvenir ne l'est – mais ils te convoquent. Il y a de l'amour entre nous. J'en ai la preuve dans les sucreries fantômes qui m'encombrent la gorge de mucosités à force de m'endormir sans me racler la langue.

C'est alors que me revient le nom anglais du film. Celui du carton publicitaire déposé par l'enfant.

Too Late for Tears. Trop tard pour pleurer.

37

La transformation devait nous permettre de passer inaperçus. Maintenant que c'est fait, je crains d'être encore plus exposée. Garder le dos droit en position assise a été un des premiers désagréments, ma posture mise à l'épreuve par les cuisantes coupures d'en bas. Mes terminaisons nerveuses se suppliaient de cicatriser. À présent les ecchymoses ne causent plus que des douleurs vagues, un flou comparable à la difficulté d'identifier là où la mélancolie blesse. Quelque part.

Comment ramener le corps au sensuel ? Après de fastidieuses conversations sur l'appareil génital, je ne veux être ni une plaie ni un autel rouge. Je garde pour moi le filet luisant de sang et de sécrétions le long de ma jambe. Que les mythes apaisent mon corps. Je comprends désormais les perruques hollywoodiennes de Leyli : mieux vaut parler de Garbo que de dilatations et douches vaginales. Je me satisferais de références à Diroste, la princesse mythologique qui raconta les épreuves de l'amour assise dans une tente blanche sous Vénus.

Qu'on dise qu'Anjir a levé le doigt, proclamé « Je suis une femme, désormais », et qu'il en a été ainsi. Les détails chirurgicaux ne regardent personne.

J'ai répété ce que je dirai quand nous nous retrouverons : « Je ne pouvais pas t'aimer en tant qu'homme, même si ça ne me gênait pas d'en être un. » J'oublierai certainement mon texte sur le moment. Chanceuse comme je suis, tu ne viendras sans doute même pas. Chanceuse comme je suis, tu es mort, ou bien je ne te fais pas bander en femme. Le troisième jour de la troisième semaine de la nouvelle année. Peut-être es-tu déjà ici, à Ispahan, à presque cinq cents kilomètres de l'endroit que nous avons d'abord appelé chez nous.

J'arrive à l'hôtel labyrinthique d'Ispahan, notre repaire habituel, pendant une panne d'électricité. J'aime autant l'obscurité, puisque c'est la première fois que je me présente ici en femme. J'espère ne pas être reconnue. Le personnel déploie des trésors de serviabilité à cause de la coupure de courant. Le bagagiste sourit en tirant mes affaires, malgré la lampe de poche dans sa bouche.

« Nous n'avons normalement pas ce problème. »

Un mensonge. Toujours le même, à chacune de nos sept visites. Sans doute une astuce hebdomadaire pour faire des économies. Je préfère tout de même cet hôtel à celui de mon oncle. Ici, on allume des bougies tant que dure la panne, même si elles s'éteignent à cause de la brise permanente. À force de les rallumer, il règne partout une odeur de fumée. Des lumières dansent dans les couloirs tandis que les clients se fraient un chemin vers leur chambre, certains avec leur téléphone, d'autres avec les torches puissantes qu'on leur a fournies.

Le hall porte encore la trace d'une ancienne inondation. Sept centimètres au-dessus du carrelage, le papier peint à motifs de lotus est taché là où suintent les murs encore gorgés de boue. Nous avons su que cet hôtel était pour nous à cause de son grand jardin rectangulaire, aux haies assez nombreuses pour former un labyrinthe. Autrefois, c'était une salle de bal, mais, après la révolution, le plafond a été cassé pour laisser entrer l'air. C'est le principal attrait du lieu, qui aide à passer outre l'absurde petitesse des chambres – le lit tient à peine dans les suites d'angle. Là réside son véritable charme, même si toi et moi restons à l'intérieur pour baiser.

Dehors se déroule une lecture de poèmes d'Omar Khayyam. Assis sur des chaises de réception, des hommes en smoking et des femmes en robes de soirée hochent la tête sous des parasols à freluches rongés par les mites. Les trous dessinent partout le même motif, la Grande Ourse. À la lueur des bougies, mains croisées sur les genoux, les poètes ont tous l'air intenses. Même les feuilles de palmier métalliques bâillent dans leurs niches aux coins du jardin.

Nous avions inventé un argot à base de roses. Trop de roses : trop de pédés. Nous faisions généralement la blague quand nous voulions quitter un endroit – un restaurant, une fête, un trottoir trop fréquenté. Ça marcherait ici aussi. *Trop de roses. On y va ?*

« Excusez-moi ? » Une femme me tapote l'épaule.

Comme nous avons fait de cet hôtel notre lieu de retrouvailles privilégié, nos séjours ont parfois coïncidé avec ceux d'autres habitués. La plupart restent sur leur quant-à-soi. Mais pas cette Américaine, que nous surnommons la Contorsionniste pour sa capacité à se couler dans n'importe quelle conversation. Elle s'est plus d'une fois invitée dans notre chambre. Mais quand je lui ai proposé une feuille de vigne farcie, elle a insisté pour s'en tenir à sa nourriture en boîte (des petits pois). Cette fois-ci, elle a un pansement sur le nez.

Je la regarde dans les yeux et marque un temps. Mon nouveau jeu : m'inquiéter qu'on reconnaisse celui que j'ai été. Quelles seront alors les réactions ? La femme guette un signe que je me souviens d'elle.

« Veuillez m'excuser, finit-elle par dire. Je vous ai prise pour quelqu'un d'autre. »

Une douleur intense me secoue, comme quand j'étais une cathédrale avec pour contreforts des prothèses soutenant ce qui voulait tant s'effondrer. Je serre les dents et m'agrippe la cuisse. J'ai arrêté les antalgiques car j'estimais qu'il était temps de me sevrer. Mes cicatrices se résorbent en ce que je feins de prendre pour une mousse rose foncé.

La femme se penche tout près et, par discrétion, murmure :

« Ça va ?

– C'est l'opération, dis-je avant même d'y penser.

– Ah, vous aussi vous avez été opérée ? De quoi ?

– Je vous raconte la mienne si vous me racontez la vôtre. »

Elle évite de gratter son nez refait jusqu'à ce que je quitte le hall d'entrée.

Un garçon d'étage me guide jusqu'à ma chambre. Nous passons devant les fontaines et leurs chérubins crachotants. Les clefs font tousser de la rouille à la moindre serrure. Du noir tache la bouche des poignées. Le portemanteau dans le coin de la chambre s'avère purement décoratif ; l'angle des crochets est tel que tous mes vêtements tombent. Même les lampes à huile ne sont là que pour les apparences, tout comme les cheminées remplies de ciment. Je fais de la place dans un tiroir plein de bougies. Elles sont décorées d'un motif d'écailles de poisson en relief. Écho au paravent et à son corail peint. Cet hôtel est obsédé par la mer. Topiaires aquatiques, tentures ornées de nymphes, balustrades aux courbes de conques.

Au bout de ma chambre, il y a un miroir à cinq pans : au centre, un grand rectangle avec, de chaque côté, deux volets supplémentaires tournés vers l'intérieur pour que le reflet se répète à l'infini. Chacun est d'une couleur légèrement différente, bleutée pour le panneau central, de violet à puce pour les latéraux.

Je peste contre tous les endroits de mon corps où j'ai mal. Leyli se regarde peut-être maintenant avec plaisir, ses ecchymoses résorbées et ses points de suture assagis dans leur quête d'attention. Au moins suis-je débarrassée des clignements d'yeux anarchiques causés par l'anesthésie. Les tonalités de pierres précieuses de mon reflet me distraient, pas parce que je me reconnais, pas non plus parce que je ne me reconnais pas. Les duplications de mon visage s'aplatissent. Il est peut-être impossible de séparer le corps de son histoire, mais c'est l'accumulation du temps, le ravage des années, les croûtes grattées aux genoux que je vois dans le miroir, sans tristesse : j'accepte d'être la somme de toutes les transformations que j'ai permises et de toutes celles qu'on m'a imposées.

« *Hello stranger* », diras-tu en arrivant, des larmes au coin des yeux.

Tu vas venir. Nous ferons comme s'il ne s'était rien passé.

Tu ne viendras pas. Je ferai comme s'il ne s'était rien passé. Je partirai.

« Pourquoi ne pas avoir choisi une île pour vos retrouvailles ? demande le miroir. Là, au moins, les deux hommes que vous étiez auraient pu nager ensemble, plutôt que d'être condamnés à deux plages séparées, une pour les hommes, l'autre pour les femmes. »

Parce que, comme Tirésias, j'avais besoin de pouvoir partir et revenir. Pas à mon corps tel qu'il était, mais là où je suis né, où ma mère a vécu, où j'ai pour la première fois rêvé de nous ensemble, mari et femme, avant de connaître les mots, les malédictions, les brouillons d'adieux, avant d'apprendre que les tabourets de piano pouvaient me truffer les cuisses d'échardes. C'est mieux, c'est différent. Le sang que nous avons versé liera à jamais nos lèvres. Notre cruauté tenait aux circonstances.

Le miroir secoue la tête. « Votre cruauté tenait à ce que vous étiez cruels. »

Non. Plus maintenant. Les martyrs des roses ont droit à une certaine transformation. La brutalité est derrière nous.

Pendant la panne d'électricité, le personnel installe des tapis Gabbeh dans le jardin pour les clients qui ne peuvent pas créer de courant d'air dans leur chambre. Il fait trop noir pour dormir. Je parcours les couloirs jusqu'à l'ancienne bibliothèque. Dans un coin, une lueur magenta attire mon regard, souvenir d'une caverne cachée sous un glacier. Il y a une carcasse de jukebox contre le mur au sud. La partie haute, qui abritait les CD et les listes de titres, est vide. Mais, éclairé de l'intérieur, le plastique luit dans l'obscurité.

« Une antiquité, dit le propriétaire de l'hôtel à un client en train d'examiner la machine. Avec sa propre alimentation. Il ne prend que les pièces américaines de dix cents. Tapez n'importe quelle combinaison de lettres entre A et J et de chiffres entre un et trente-trois, et vous aurez Presley ou Delkash. On n'en revient toujours pas. Impossible de savoir quelles chansons sont planquées là-dedans. »

Quand la lumière fait son retour, je décide de dîner avant qu'il ne soit trop tard. Je prévois de manger dans ma chambre, mais je n'arrive pas à joindre le *room service*. On dirait toujours que la tonalité « occupée » est plus rapide dans les hôtels. Je descends à la réception où le préposé essaie d'enregistrer trois groupes en même temps.

Je déambule dans le labyrinthe du jardin jusqu'à ce qu'il me semble voir ta femme. Je la cherchais toujours du regard depuis les abords de votre immeuble, d'en bas, de l'autre côté de la rue ; je dormais dehors et trouvais des moyens de me rapprocher encore. Ce n'est pas du tout elle. Elle est morte. À moins que Sumac aussi ne soit là, ou bien Omid, en train de comparer ses chaussettes tout en gardiennant les tableaux sous clef à la cave, comme je gardienne les gens que nous étions, toi et moi. Vais-je devoir retoucher tous nos souvenirs ? Un garçon et une fille chargés de fruits escaladant des falaises ? Non. Nous ne pouvons pas recommencer à zéro. D'un simple effleurement, le calme démêle les nœuds dans mes cheveux.

Je sens un souffle derrière moi. Ça sent la menthe. Un baiser à la menthe, des bouches élastiques, le corps qui revendique et réfute sa chaleur. Tu te souviens du jardin dont Shéhérazade disait que les gens y troquaient des fleurs contre des poèmes ? Nous méritons une closerie de roses, des roses de Damas couleur cornaline, teintées de sang.

Je me retourne. Nos retrouvailles.

« *Hello, stranger.*

– *Strange hello.* »

38

Je resserre mon voile. Tu me contournes, un brin de menthe dans ta poche de manteau. Tes mains n'ont pas changé. Tu es plus grand, je crois. Je me concentre pour déchiffrer ta réaction, au cas où tu plisserais les yeux en me découvrant femme. Choc brutal ou discrète déception ? Aucun des deux. C'est l'armistice.

Tant de possibilités de mon côté. Je pourrais faire une scène. Mais toute conversation est un genre de scène. Je pourrais me donner en spectacle. Mais toute interaction s'accommodera sans mal du spectaculaire. Je mets du sens derrière chaque geste. Au cœur de l'étiquette, cacher la douleur.

« Je me disais bien que je te connaissais », me chuchotes-tu à l'oreille.

Tout ce que nous disons est chargé.

« Et maintenant ? » je demande. Tu sais ce que je veux dire, mais tu joues les naïfs.

« Allons dîner. » Ce que nous pouvons nous dire en public est limité. C'est peut-être mieux comme ça. Tu souris. « Tu es là. Je suis là. On a réussi. » Notre plan a marché. Si brouillon qu'il ait été. Si propre. « Je vais nous prendre une chambre.

– J'en ai déjà une.

– Alors on en aura deux. » Tu me tends des violettes dans un vase en plastique. Nous ne dirons rien de la violence, de ce trou rose dans lequel nous sommes tombés.

Des touristes mongols t'ont devancé à la réception. Tandis que j'attends près du café internet, je te regarde y serrer des mains et lisser ta cravate à intervalles réguliers, comme un homme politique. Je me rappelle t'avoir appris à nouer une cravate. Et puis aussi t'avoir aidé à l'enlever.

« Tu as été au bout de la transformation ? » demandes-tu dans l'ascenseur. Tout a un triple sens, à présent. C'est comme ça que je sais qu'on s'approche du basculement.

« Bonne question. »

Tu sors une bague à laquelle manque une pierre. « Ça m'a fait penser à toi. »

Les portes s'ouvrent et je lâche le bijou à l'entrée de deux hommes. Par habitude, nous nous séparons, chacun dans un coin. L'un des hommes renifle et ne dit rien. Il désapprouve. Le voilà qui secoue la tête, comme si j'étais une putain en manteau d'hermine, du menu vair autour du cou. À sa façon d'expirer, on dirait que j'ai envahi ses poumons.

« Trop de parfum », marmonne-t-il.

Je n'en porte pas, mais il s'en fiche.

39

Nous prenons le petit-déjeuner dans ma chambre, pas la tienne. D'un geste, je refuse un bol de melon ; j'ai bien cru défaillir en voyant le fruit se faire éventrer. Depuis le bord du lit, je regarde par la fenêtre. Notre bouilloire électrique met du temps à chauffer. Le couvercle s'éclaire. Tu me tends une tasse. Je la repousse. Je ne lirai l'avenir que si nous y avons bu tous les deux. Nous pourrions jouer au backgammon ou regarder un film en version farsi comme avant notre fuite, quand nous faisions tomber des arbres les poires amoureuses qui se balançaient trop près l'une de l'autre. Nous pourrions brûler nos paumes pour qu'on ne puisse rien lire dans les lignes de nos mains.

« Cette bouilloire est ce qui se fait de mieux, dis-tu de celle que tu as apportée. Je l'ai achetée en Thaïlande.

– C'est donc là que tu étais ?

– Ça ne se voit pas ? » Tu exhibes une rangée de dents plus neuves encore que la bouilloire, impeccables mais sans valeur.

Tu poses ta main sur ma nuque. Je sursaute – je ne maîtrise pas encore l'immobilité. Tu ne sais pas quoi dire. Je brasse le silence avec des questions.

« Où étais-tu mardi dernier ? »

Tu ne t'en souviens pas. « Quelque part à penser que j'allais retrouver mon homme. »

Je te demanderais bien de clarifier. Tu as peut-être un autre homme.

« Le seul et unique. » Tu poses ta main sur mes genoux. Je me dérobe.

« À quelle heure as-tu décollé ?

– Quinze heures cinq. »

Est-ce que tu as toujours envie de coucher avec moi ? Je ne sais pas si je te laisserais déjà entrer.

Tu passes en revue des cartes postales que j'ai achetées à l'aéroport. Une distraction quand j'ai failli faire demi-tour en imaginant la douleur de me faire baiser la première fois. Avant de me souvenir que je n'avais nulle part où aller. Tu t'arrêtes sur une carte de Tabriz. D'une certaine façon, je suis de nouveau vierge. Nous ne nous sommes même pas encore embrassés. Pas comme quand, enfants, nous dormions sur le toit, avec des moustiquaires pour draps. Ce baiser accidentel sur l'oreiller partagé.

Tu glisses une cigarette entre tes lèvres. « Je ne veux pas te forcer à quoi que ce soit. »

Toi aussi tu as changé. Avant, tu riais et tu te jetais sur moi ; il y avait cet accord, ce pacte silencieux de ne rien dire jusqu'à la fin de l'acte, quand nous aurions sué notre culpabilité quotidienne. Mais là, transformation. Décorum. Pas de méchant triomphalisme dans la conversation.

« Mon frère. »

Ton corps se tend. « Quoi, ton frère ?

– Est-ce qu'il était dans le lot ?

– Des agresseurs ? » Tu hoches la tête. « Je pensais le mériter, à l'époque. J'avais honte d'être avec quelqu'un d'autre. D'autre que toi.

– Tu crois que ça l'aurait arrêté ? »

Alors que je soulève une valise, la suture d'un de mes seins craque.

« Ne panique pas. » Tu déniches des bandages.

« Maudit chirurgien. J'aurais dû me douter qu'il bâclerait le travail pour être payé plus vite.

– Ne t'en fais pas. C'est comme si ton cœur saignait. »

Je souris. « Mon cœur n'est pas dans mon nibard. » Je prends quelques pansements. Ça n'arrête pas notre conversation. Ma douleur te rend nostalgique.

« On a toujours eu un langage secret fait de gestes, dis-tu. Je sais que si tu tournes la tête d'une certaine façon, c'est que je t'ai rendu nerveux. Et tu sais que quand je te touche sous le menton, c'est que je veux être embrassé. On se comprend. »

Que faire de tant de sérieux ? Je change de sujet parce que je ne sais pas quoi dire d'autre.

« J'ai rencontré l'amant de ta femme. »

Tu as un mouvement de recul. « C'est ça. » Tu crois rendre blague pour blague.

« Je l'ai peut-être converti. » Tu comprends que je ne plaisante pas.

« Quoi ?

– Il n'a pas été très doux après notre baiser. »

Tu te lèves pour partir, comme si tu avais cru que toute animosité aurait disparu entre nous. « Tu n'es qu'une *vahshi* en fourrures ou je ne m'y connais pas. » Ça fait mal. J'oscille entre qui nous étions et qui j'espère que nous deviendrons. Peut-être serai-je toujours une brute.

Après ton départ, l'électricité s'arrête de nouveau. Soupir général de la clientèle. Je m'assois devant le miroir en biseau. Une lumière diagonale entre par la fenêtre. Je me décale pour qu'elle me tranche la gorge. Les ombres attendent patiemment d'émerger du mur. Sur le satin du lit, j'imagine des coucheries passées. Les simulacres font la grimace avant de disparaître. Je frotte ma joue aux violettes du vase en plastique par besoin de contact.

J'ouvre ta valise et j'en sors quelques produits de toilette. Tous mes bagages sont des contrefaçons. Les tiens sont en vrai cuir, doublés de vraie soie. Je termine une bouteille de soda à la prune et j'ouvre un livre à toi. Un pop-up avec une montagne sacrée, une mosquée, un temple. Dans ma hâte, je renverse la bouteille et regarde pétiller une cathédrale qui s'imbibe.

Tu restes absent des heures. Je crains de t'avoir encore fait fuir. Dans les bras d'un autre homme ? Sur la tombe de ta femme ?

J'appelle ton téléphone portable. Pas de réponse. Toi parti, je m'installe dans la baignoire sur pied. Autant garder la bouche ouverte, pour avaler sang et saleté.

Leyli répond dès la première sonnerie.

« Thé à la rose et sucre candi, insiste-t-elle à l'autre bout du fil. Ça soulagera la nausée. »

Elle ne pose pas d'absurdes questions de politesse sur mon voyage à Ispahan, le plateau-repas de l'avion ou les magazines d'aéroport aux reliures cassées par les gens qui lisent mais n'achètent pas.

« Comment va ma mère ? je demande.

– Très bien. Elle mange de tout, sauf du *baghali polo.* » Elle se tourne vers Nilophar. « Alors que j'ai passé des heures à trier l'aneth frais, ma petite dame. » Je les entends rire d'un rire que ma mère et moi n'avons jamais connu. Leyli rapproche le combiné. « Zal est là ?

– Oui.

– Est-ce que chaque instant est une scène de film ?

– Oui, mais quel genre de film, je ne sais pas.

– Tu ne vas pas trouver de valises pleines d'argent. Tout est probablement planqué sur son compte en banque.

– C'est sûr. »

Je regarde mon poignet. Est-ce que moi aussi je me suis ratatinée ? Je prends conscience que je me compare avec le téléphone familier de l'appartement de mon oncle.

« Tu mérites ce que l'amour peut offrir de meilleur. » Son inquiétude est maternelle.

Je t'attends dans la bibliothèque de l'hôtel. Je m'installe près du jukebox pour voir si quelqu'un aura une pièce de dix cents. Ce pourrait être le moment d'imaginer la fin de notre conversation, mais ce ruban, cette arabesque, je ne peux encore y mettre un terme. Je passe la tête par la fenêtre, la pose sur le rebord comme sur un oreiller, et j'essaie de chasser toute référence dentaire de mes souvenirs.

« Tenez », me dit un employé de l'hôtel en passant.

Je glisse dans le jukebox la pièce qu'il m'a lancée et rentre des chiffres au hasard, puisque tout est effacé. Au bout d'un instant, les mécanismes se mettent en branle. Des lumières magenta ressuscitent le Victrola. Une chanson commence. C'est l'appel à la prière, mais le vinyle est resté si longtemps posé sur un disque d'Ellington qu'on entend, imprimé sur la sourate, le léger soupire d'une musique triste, un fondu funéraire pour l'amour des désaimés. Pour nous, il n'y a pas assez de pompe. Jamais, en vérité.

40

Je ne me rappelle pas la marque du samovar. J'aimerais trouver le même en cuivre dans la galerie marchande. Je cherche quelque chose à envoyer à Leyli, à qui je suis redevable. Un samovar pour lire son avenir quand j'irai la voir, dans l'espoir secret de l'entendre me raconter l'histoire de sa vie. Elle appréciera un cordon d'alimentation extra long pour tous les hôtels où la mèneront ses voyages.

À l'entrée, un sans-abri mord l'oreille d'une glace à l'eau en forme de Mickey. J'utilise un accès différent de celui de ma dernière visite. Des femmes s'éventent. Devinent-elles que j'ai été un homme à ma façon de me déchausser pour évacuer un caillou ? À mon maintien sous le voile ? Certaines sont encore moins gracieuses que moi. Elles hochent la tête. Un mot, rien de plus. Mais je sens qu'elles m'observent. Mes chaussettes sont-elles trop fines ? Mes ongles de pieds trop épais ? Mon nez trop granuleux ?

Je suis venu de ce côté d'Ispahan avec ma grand-mère, une fois. La chimio lui avait déjà ramolli le cerveau. Nous sommes allés dans une mosquée, moi du côté des hommes, elle du côté des femmes, après quoi nous avons partagé un verre de jus de melon. Elle ne cessait de dire que ça devait être une boisson difficile à préparer. Je me suis noté sur une serviette en papier de lui acheter un mixeur, mais elle est morte avant que je ne retombe sur le pense-bête.

À l'intérieur de la galerie, un homme secoue des taies d'oreiller perlées dans la vitrine de sa boutique d'ameublement. Le flash provenant d'un studio spécialisé dans les photos d'identité attire mon attention. Et m'empêche de reconnaître l'Américaine de l'hôtel. Elle me tire par le coude et écrase par inadvertance ses trois sacs de courses contre moi.

« Chéri ! » Elle me serre dans ses bras. « Anjir, cette fois je suis sûre que c'est toi. » La gaze sur son nez m'érafle le visage quand elle renouvelle son étreinte maladroite. En me dégageant, je me demande si elle regarde jamais son corps nu dans le miroir et pense : « C'est donc ça ? »

Je redoute des questions trop précises sur les raisons de ma transition. « Je cherche un samovar.

– J'en ai vu de l'autre côté. » Elle m'attrape la main et me tire vers l'escalier roulant.

« Je cherche un modèle en particulier. »

On passe devant un magasin d'articles de cuisine et un autre qui ne vend que des vêtements de bébés. Elle ralentit pour caresser une peau de panthère exposée sur un stand, puis fonce à nouveau.

« Là ? » Elle désigne une petite boutique d'angle remplie de veilleuses et de LEGO. Elle n'a pas compris ce que je disais, mais je ne la corrige pas.

On boit des smoothies à la fraise, qu'elle a tenu à payer, dans la halle gourmande. Les fruits n'étaient pas mûrs, le jus est gris. Je ne sais pas quoi lui dire. Elle me prend la main sous la table. Même sans croiser de regard, j'ai l'impression d'être l'attraction.

Lui parler de toi gâcherait tout. Tu es à moi. Poser des mots sur ça, le mutiler en liaison banale à coups de phrases proprettes me ravagerait. Je pourrais mettre mon hypersensibilité sur le compte des médocs, mais c'est plus profond, je le sais. Pour commencer, je n'ai jamais su formuler mes émotions. Soupirs et grognements en disent assez long – un rire, une moue. Alors qu'un paragraphe tout bête est laborieux. Les phrases rabaissent notre secret. Comment raconter notre amour maintenant qu'il me faut l'admettre ? Homme et femme. Bientôt mari et femme. Ne pouvons-nous pas être Anjir et Zal, sans autre explication ? Une douleur vive, profonde. Ça va passer. Tant d'intensité, c'est fini.

Une larme coule sur la paille de l'Américaine quand elle pense à notre histoire telle qu'elle se l'imagine.

« Laisse-moi te donner quelque chose, dit-elle.

– Je n'ai besoin de rien.

– S'il te plaît. » Elle fouille dans son sac, sort des mouchoirs en papier, puis me tend du brillant à lèvres. « Goût cantaloup. Tu vas adorer. »

Je finis mon smoothie, tiède à présent. Elle enlève ses mains moites du rose de mes poignets.

« Qu'est-ce qui t'a décidé ?

– Ha. » Je ris à l'absurdité de sa question. Il n'y a pas de réponse simple.

De retour dans ma chambre d'hôtel, je trouve ton ordinateur portable allumé. En cours de lecture, la copie piratée d'un film où Rita Hayworth nargue Orson Welles dans un labyrinthe de miroirs. Je réduis l'écran et vois une photo de moi sur ton bureau. Tel que j'étais. Au mausolée de Hafez, où j'ai fait la toupie jusqu'à tomber.

Je grimpe sur le lit pour t'embrasser, mais je me rends compte que tu n'es pas là. Il n'y a que ton peignoir en tas, ce peignoir acheté en *duty-free* lors d'un de tes voyages. Je te connaissais avant que tu ne mémorises le nom des casinos de Monaco et de Las Vegas. Je peux dresser la liste intégrale de tes cauchemars. Les accidents de voiture, ton père, perdre toutes tes dents. Et là, je comprends. J'en ai le vertige. Depuis tout ce temps, c'est après ton absence que je cours. Partir ne serait que partir. Ta tante avait raison. M'as-tu jamais cherché ?

Je vide dans ma valise les tiroirs de la commode, des chemisiers roulés auxquels je n'ai pas ôté l'étiquette au cas où je mourrais en pleine opération. Je récupère même le contenu des poubelles. Je ne veux rien laisser derrière, ni les bouteilles de soda, ni les chaussettes, ni les copeaux d'eye-liner – un crayon taillé sans véritable intention de l'utiliser. Dans chaque geste, un au revoir.

Tout peut devenir souvenir. Une pelure d'orange sur le rebord de la fenêtre. Un cadavre de mouche près de la colonne de lit. Une rose morte à mi-croissance. Je ne peux pas rester, ni pour toi, ni pour ma mère, ni pour une ancienne version de moi-même. Dans mon sac, j'attrape le voile de ta femme. Noir. Une fois dessous, je me fonds dans la pièce, sombre aussi à cette heure. Je cale l'entrebâillure de la porte pour avoir un peu de lumière et je me tiens face au miroir en biseau.

Je l'ai fait pour toi. Non. Je n'aurais pas dû. Les dieux peuvent bien demander si l'amour est meilleur quand on est homme ou femme. Dans un cas comme dans l'autre, ça m'a coûté la vue, puisque je ne voulais pas changer, puisque, d'une certaine façon, j'étais parfait. Vivre, c'est construire un gâteau à étages pour le voir s'effondrer.

Un clic. Je reconnais ce son. Aucun doute. Derrière moi, on arme un revolver.

C'est du génie. Je vois ta silhouette dans le pan bleu du miroir. Tu fermes la porte. Ta forme s'appuie contre la fenêtre. L'angle idéal pour que la balle me traverse le dos. Pas assez théâtral pour nous, cependant. Je me positionne de sorte qu'elle brise la glace et détruise mon reflet.

« C'est pour ça que tu m'as fait venir ici ? dis-je sans me retourner. Pour te débarrasser de tes deux amours ?

– Pas tout à fait. » Ce n'est pas ta voix. Pas tout à fait.

Kaveh. Plus grand qu'avant. Le vice a dû finir par lui rendre sa taille. Il vise. « Tu mérites autant de balles qu'il y a de graines dans une figue.

– Mais pourquoi ? À cause de Mahtob ? Ce n'est pas moi qui l'ai tuée.

– Bien sûr que non. » Il sourit. « C'est moi. » Il voit bien que je ne comprends pas. « Mon chou, ce n'est pas elle que je baisais. C'est lui. Je connaissais déjà votre appartement. Votre chambre d'hôtel aussi. J'y suis allé avec Zal, et sans lui. » Il rit. « Et maintenant, regarde-toi. Ta voix de pédé fait encore plus pédale. Tes seins méritent à peine qu'on les regarde. Et pourquoi voudrait-il de toi avec une chatte ? Ce soir-là, avant qu'on l'emmène à l'hôpital, c'est avec moi qu'il était. On l'a peut-être attrapé avec le gosse ensuite, mais ensuite seulement. Deux verres. Un emballage de capote, même s'il a baisé deux hommes ce soir-là. »

Les chandelles coulent sur la table. Leur crépitement se fond avec son rire. Sa furie est touchante. Il se tient au centre de la petite chambre : une balle pourrait facilement rebondir contre le mur et se loger dans sa propre nuque. Il est prêt à prendre le risque.

« C'est un miracle que tu sois encore en vie, dit-il. Je te haïssais tant. Ma haine seule, plus que n'importe quelle balle, aurait dû te tuer. Et pourtant. »

Tu entres.

Zal, mon amour. Un fruit bleu t'échappe. Une grenade. Tu paniques.

« Non ! cries-tu. C'était une erreur. Une suite d'erreurs. »

Vraiment ? Peut-être as-tu pensé que seule la trahison me chasserait. Elle n'a fait que te rapprocher de moi.

Kaveh se tourne vers toi. « Choisis. Elle ou moi ? » Il me faut un moment pour comprendre que je suis le « elle » de l'ultimatum. Kaveh pose la question dont lui et moi voulons tous deux la réponse. Le silence dure trop longtemps. « Très bien. » Kaveh pointe son arme sur moi. « Je vais décider pour toi. »

Tu cours vers moi. J'ouvre les bras pour te cacher dans le voile de ta femme. Dans le tissu, nous entendons l'écho des rossignols qui lui ont tenu compagnie si longtemps. Kaveh tire trois coups. Le voile l'embrouille. Une balle fait voler en éclats le miroir à cinq pans dans le coin de la pièce – elle traverse deux volets, un troisième se brise sous l'impact : le charme est rompu, le miroir perd ses couleurs. Plus de mauve ni d'or ni de bleu. Je te sens qui t'effondres dans mes bras, une balle dans le dos.

Kaveh en a le souffle coupé. Il entend un bruit derrière lui, des prémices de réactions à sa fureur. Il pointe l'arme vers le couloir et s'enfuit. Un doux baiser. Les balles écrivent des vers sur les murs.

Je pleure en surplomb de ton visage. Mes larmes dans tes yeux.

« Fille effrontée, dis-tu. Garçon féroce. »

Je te secoue pour que tu restes éveillé, je ferais n'importe quoi pour partager encore un mot. Un baiser, trois baisers. Voilà que les lumières clignotent. Sous le voile, avec le son de rossignols morts depuis longtemps, je t'embrasse. Mon seul amour.

Tu poses ta main sur ma joue. « Dis-moi quelque chose qui compte.

– Rien. Rien ne compte affreusement. »

Tu me caresses la joue et tu souris. « Ton grain de beauté vient de tomber. »

Je m'écarte, mais tu me retiens. « J'ai pensé que tu serais du genre à aimer ça, une touche exotique.

– Je t'ai aimé avant d'être du genre à quoi que ce soit. Tu me plairais même en femme à barbe.

– Alors restez, monseigneur. Ma barbe me gratte, un truc de dingue. »

Des années que nos baisers n'ont plus un goût de menthe. Ils ont celui du sang. Toi privé de dents ou une perle dans le ventre. Je t'embrasse. Je t'embrasse et des roses jaillissent partout où nous nous sommes embrassés. Dans le lac rose de Maharloo, derrière le jardin de pierre, près du laveur de tapis qui mouillait ses balais pour en brosser les fils. Un baiser dans la librairie. Une rose sur chaque place. Et dans les attrape-vents d'Aghazadeh. Des roses s'agitent parmi les mille couleurs de la mosquée Nasir-ol-Molk. Le rire des ruines couvre d'herbes folles leurs imperfections. Et l'eau de la rivière Pulvar se ride autour de pierres que nous n'avons jamais jetées. Des jardins luxuriants croissent près du bassin public où trop de chlore brûle les pieds trempés sans chaussures. Regarde l'endroit où nous sommes restés sous la pluie cerise, ainsi nommée pour son goût. Cette pluie que j'ai bue jusqu'à ce que l'amertume me donne la nausée, jusqu'à ce que tu m'embrasses pour que j'arrête. Une seule rose pousse sur le jour où, depuis la propriété privée où nous nous étions introduits, nous avons regardé l'éclipse Safran. Cachés, nous avons vacillé avec les stèles du cimetière pendant le tremblement de terre. Peut-être que tu es Zahak et que je suis tes deux serpents, moi en femme et moi en homme. Je me dérobe à notre baiser. Nous ne nous changeons pas en pierre.

Sans parler, tu réponds. *Goodbye, stranger. Strange goodbye.*

Ta quête de bleu se termine dans cette chambre. Tout ce qui touche à nous saigne du bleu. Les roses dans les coins. Les cendres de nos photos. Le piège à insectes. En allant chercher de l'aide en bas, je passe devant la suite d'une troupe de cirque. La charmeuse de serpent est en train de dérouler une grosse corde pour que son apprentie s'entraîne avec le poids d'un cobra. Je jure que je vois un corbeau en feu faire un saut périlleux à l'envers. Des enfants montreront du doigt la montagne calcinée qui jadis fut un oiseau.

Un plan scellé par une grenade. Nous allions fatalement saigner.

Je me rappelle t'avoir demandé un jour dans nos arlequinades : « Pourras-tu m'aimer toujours ? »

Ta réponse : je pourrai jusqu'à ce que je ne puisse plus. Je t'aimerai jusqu'à ce que je ne t'aime plus.

REMERCIEMENTS

À mon agente Mariah Stovall chez Trellis Literary Management : je n'aurais pu espérer mieux que toi. Merci de m'avoir accompagné dans l'horreur et l'humour. Main dans la main, en avant la subversion. Katie Raissian, mon étoile du berger, ma *khohar* d'une autre *mohdar*, la Shohreh de ma Gougoush : je t'adore. Tu n'as pas reculé. Film noir, mythologie, sperme ? Allons-y. Grove Atlantic, vous êtes la maison d'édition de mes rêves. Vos livres peuplaient déjà ma vie quand je ne pouvais pas me payer d'étagère. Mes remerciements à Noah Grey Rosenzweig pour ses remarques et retours généreux. Amy Hundley et Joseph Payne, merci d'avoir accueilli dans vos vies la chanson du flambeau. Un merci particulier à Allison Malecha, agente hors pair pour les droits étrangers, pour avoir passé le message au-delà des frontières ; il devrait exister un club de lecture dédié à tes mails si prévenants. Merci à l'équipe du Bruit du monde, à ma coagente au Royaume-Uni,

Florence Rees, et à mon éditrice britannique Leonora Craig Cohen chez Serpent's Tail. Sarah Gurcel, ma traductrice en français, tes questions de clarification m'ont aidé avec les derniers points de broderie ; j'espère que nous continuerons à débattre des multiples sous-entendus de « graine ».

À mes chers et chères ami·es : Aidé Aceves (pour ton amitié dans un monde de charmes brisés), Jennifer Silva, Stephanie Mejia, Jessie Furuta, Victoria Jaschob, Sarvi Chan, Bridgit King et Kirby Lima. Vous êtes l'air que je viens chercher à la surface. J'aime vous aimer.

Merci aux enseignant·es : Mrs Haddock, ma professeure de lycée, pour m'avoir encouragé et avoir encouragé mes parents à faire de même, Mrs Kennedy, pour m'avoir donné le mot « quiétude », Jaleh Pirnazar pour m'avoir révélé l'histoire du cinéma persan, Linda Williams pour le mélodrame et Russell Ferguson pour ses remarques sur un premier jet calamiteux. Il y a encore du Pasolini là-dedans.

Aux femmes de toutes les réunions du Barnes and Nobles Writers Club auxquelles j'ai assisté, du collège au lycée, merci de m'avoir pris au sérieux. De mes poésies appliquées à mes histoires de travailleureuses du sexe pendant l'apocalypse, vous avez été mes confidentes. Je suis heureux que vous vous soyez senties suffisamment à l'aise pour lire vos écrits érotiques devant moi.

Maman, Papa, Mehdi et Banafsheh, merci pour vos encouragements prudents. Vous vous êtes relayé·es pour m'accompagner aux réunions susmentionnées, même si c'était pendant un match des Lakers. Quel dévouement ! Et vous avez veillé à ce que je ne manque jamais de journaux intimes à tranche dorée, qui ont donné leur magie aux années où l'on « croit ».

Merci, Kristin Remington, de t'être intéressée à ce que je pouvais créer quand je me sentais à sec. Tu as contribué à gratter la croûte qui a permis à un sang neuf de couler. Navid Najafi, mon jumeau de prénom, merci de m'avoir aidé à prendre la complexité à bras-le-corps, et merci aussi pour la reine des serpents. Stephanie Wolf, comment donc me suis-je retrouvé avec ton amitié et ton soutien ? Coup de bol, j'imagine.

Pour celleux qui souhaiteraient explorer plus avant les sujets de ce livre, je recommande le travail de l'historienne et théoricienne du genre Afsaneh Najmabadi, ainsi que le documentaire *Be Like Others* de Tanaz Eshaghian.

Luis Carlos, mon amour, mon favori : merci pour ta patience infinie (ha ha ha). Merci pour la joie. Avec toi, chaque jour est le plus parfait des vaudevilles. La diseuse de bonne aventure, cette empêcheuse-de-baiser-en-rond, avait tort.

Un jour, à l'occasion d'une dispute au sujet de mes écrits les plus osés, ma mère a dit : « Pense à ta famille ! » Avec la plus grande clarté, c'est ce que je fais. Ce livre est pour mes adelphes : les communautés queer et trans, les femmes d'Iran et d'ailleurs, celleux qui veulent juste vivre leur vie, aimer leurs amours et exister sans la peur permanente de se faire assassiner.

Et à mon cher cousin Bahareh, qui est mort en tentant de quitter l'Iran : j'écris avec la pleine conscience de cette injustice. Nous aurons toujours Darband.

CATALOGUE

Sylvia Aguilar Zéleny
Poubelle
Traduit de l'espagnol (Mexique) par Julia Chardavoine

Mohammed Alnaas
Du pain sur la table de l'oncle Milad
Traduit de l'arabe (Libye) par Sarah Rolfo

Anuk Arudpragasam
Un passage vers le Nord
Traduit de l'anglais (Sri Lanka) par Dominique Vitalyos

Christian Astolfi
De notre monde emporté
L'œil de la perdrix

Rémi Baille
Les enfants de la crique

Hanna Bervoets
Les choses que nous avons vues
Traduit du néerlandais par Noëlle Michel
L'expérience Helena
Traduit du néerlandais par Anne-Laure Vignaux

Xavier Bouvet
Le bateau blanc

Mattia Corrente
La fugue d'Anna
Traduit de l'italien par Jacques Van Schoor

Ia Genberg
Les détails
Traduit du suédois par Anna Postel

Paolo Giordano
Tasmania
Traduit de l'italien par Nathalie Bauer

Jan Grue
Ma vie ressemble à la vôtre
Traduit du norvégien par Marina Heide

Anna Hope
Le Rocher blanc
Traduit de l'anglais par Élodie Leplat

Alice Kaplan
Maison Atlas
Traduit de l'américain par Patrick Hersant
Baya ou le grand vernissage
Traduit de l'américain par Patrick Hersant

Marion Lejeune
L'escale

Semezdin Mehmedinović
Le matin où j'aurais dû mourir
Traduit du bosnien par Chloé Billon
Sarajevo Blues
Traduit du bosnien par Chloé Billon

Noëlle Michel
Demain les ombres

Touhfat Mouhtare
Le Feu du Milieu

Sara Mychkine
De minuit à minuit

Maude Nepveu-Villeneuve
Après Céleste
La remontée

Aslak Nore
Le Cimetière de la mer
Traduit du norvégien par Loup-Maëlle Besançon
Les héritiers de l'Arctique
Traduit du norvégien par Loup-Maëlle Besançon

Boris Pétric
Château Pékin

Stine Pilgaard
Le pays des phrases courtes
Traduit du danois par Catherine Renaud
Les monologues d'un hippocampe
Traduit du danois par Catherine Renaud

Anne Sénès
Chambre double

Michèle Standjofski
Mona Corona

Juan Tallón
Chef-d'œuvre
Traduit de l'espagnol par Anne Plantagenet

Akos Verboczy
La maison de mon père

Lisa Weeda
Le palais des Cosaques perdus
Traduit du néerlandais par Emmanuelle Tardif

Pour en savoir plus sur nos publications
et suivre notre actualité,
vous pouvez consulter notre site Internet
www.lebruitdumonde.com

Ouvrage réalisé par Nord Compo à Villeneuve-d'Ascq

Achevé d'imprimer par
Normandie Roto Impression s.a.s.
N°d'édition : M20668/01
N°d'impression : 2401962

Imprimé en France